인어는 너를 보았다

인어는 너를 보았다

김민경
장편소설

이지북
EZbook

차례

1

정인아는 아주 어린 시절부터 인어를 좋아했다. 아득
히 먼 옛날부터 가문에서 전해 내려온 전설 때문이었다.
인아는 인어에 대한 그 이야기들을 자주 방울방울 떠올렸
다. 판타지 소설에서나 일어날 법한 '빙의'나 '환생' 같은
일들 말이다. 인아는 자신의 이름이 인어에서 비롯되었을
지도 모른다고 믿었다. 그리고 부끄럽지만 인어가 되길
바랐던 적도 있었다. 하다못해 인어가 있는 세상으로 가
서 인어를 실제로 볼 수 있기를 소원했다. 인아는 밤만 되
면 습관처럼 비나이다, 를 애타게 중얼거렸다. 그리고 바

로 지금, 17년 인생에 걸친 인아의 소원이 이루어졌다. 인아가 눈을 뜬 곳은 분명 인어가 존재하는 세상이니까.

*

"보라색 인어 한 마리를 잡아 줘. 학교 뒤편 호숫가에 있을 거야."

인아는 자신에게 말하는 학생의 얼굴을 낯설게 바라봤다. 처음 보는 얼굴, 처음 보는 교복이었다. 분명 조금 전까지 인아는 자기 교실에 서 있었는데 말이다.

"……뭐?"

"보통 체격이니까 잡기 어렵지 않을 거야. 혹시 놓칠 것 같으면 죽여도 돼."

'이게 다 무슨 소리지? 인어를 잡아 달라고? 게다가 죽여도 된다고?'

인아는 혼란스러웠지만 인아 앞에 버티고 선 학생은 말을 멈추지 않았다.

"사례금은 얼마 못 줘. 그래도 넌 돈보다 인어 잡는 데에 더 관심 있으니까 괜찮지?"

인아가 상황을 파악하고 대답하기 전에 학생은 밀려 들어오는 인파 사이로 자취를 감췄다. 한순간에 인아 또래로 보이는 사람들이 분주하게 자리를 찾아 앉았다. 여기가 어디지? 뒤늦게 주위를 둘러보니 인아가 우두커니 서 있는 이곳은 학교의 강당처럼 보였다. 생전 처음 와 보는 장소였다. '눈을 뜨니 다른 세계에 도착해 있었다'라는 말도 안 되는 상황이 벌어진 것이다. 그때 인아는 자신을 향한 어떤 집요한 시선을 느꼈다.

"연화, 너 대단하다? 이제 개인 의뢰까지 받는 거야?"

한 여학생이 인아의 어깨에 자연스럽게 팔을 둘렀다. 이 사람은 또 누구야? 여학생의 흩날리는 연갈색 긴 머리카락이 심상치 않았다. 인아는 주춤거리며 자신의 어깨에 놓인 팔을 치웠다. 하지만 여학생은 아랑곳하지 않고 말을 이었다.

"비싼 인어야? 나도 같이 잡을래."

여학생은 애원이라도 하듯 인아의 옷소매를 잡고 늘어졌다. 인아가 도망가려 했지만 소용없었다. 당황한 인아의 얼굴이 점점 사색이 되어 갔다.

"신경 꺼. 나 인어 안 잡을 거야."

그렇게 대꾸하자 인아의 팔을 붙든 여학생의 손에서 힘이 조금 빠졌다. 그 틈을 타 인아는 눈앞에 보이는 빈 의자에 냉큼 앉았다. 주위 사람들의 시선이 인아와 여학생에게로 모여들었다. 하지만 여학생은 아랑곳하지 않고 인아에게 따지듯 말했다.

  "정연화 진짜 나빴다. 그냥 끼워 주기 싫으면 싫다고 해. 살다 살다 네가 인어를 안 잡는다는 소리를 다 듣네."

  '정연화? 이 사람 아까도 날 연화라고 부르던데.'

  "연화 넌 하루라도 인어 못 잡으면 아주 몸이 근질근질하잖아."

  인아는 낯선 곳에서 처음 눈을 떴을 때보다 더 혼란스러웠다. 내가 인어 사냥을 해야 한다고? 아니, 그보다 이곳에 인어가 정말로 존재한다고?

  "혼자 가고 싶으면 그렇게 하든가~"

  여학생이 어떤 오해를 하든 상관없었다. 인아가 지금 신경 쓰이는 건 모두가 인어의 존재에 대해 자연스럽게 말하고 있다는 사실 자체였다. 혹시라도 자신의 정체를 들킬까 봐 고개를 푹 숙이고 있던 인아는 내심 기쁜 마음이 들었다. 인어를 만나게 되면 뭐라고 인사하지? 사람 말을 할 줄 알려나? 인아는 지금 자신이 발붙이고 있는 낯선 세계에 대한 두려움보다 인어에 대한 궁금증과 기대가 앞섰다.

"야, 정연화. 소장님 나오신다. 환호성이라도 질러야 하는 거 아냐?"

단상에 올라 성큼성큼 발걸음을 내딛고 있는 사람을 여학생은 '소장님'이라고 불렀다. 왠지 모르게 발걸음에서 풍겨 오는 위엄이 예사롭지 않게 느껴졌다.

소장님이라면 여긴 학교가 아닌 건가? 대부분이 인아 또래의 청소년들처럼 보여서 당연히 학교라고 생각했는데, 보통의 학교 같지 않았다. 우선 연꽃무늬의 전통 문양이 세밀하게 새겨진 바닥재와 벽지가 눈에 들어왔다. 사람들은 고운 비단 천으로 재단된, 마치 생활한복과 비슷한 느낌의 복장을 갖추고 있었다. 인아는 그제야 자신이 입고 있는 옷을 내려다봤다. 다른 이들과 같은 옷이었다. 허리 부근엔 이 몸의 진짜 주인인 연화가 달아 놓았는지 여러 종류의 조개들이 수집품처럼 걸려 있었다.

"1등은⋯⋯ 정연화."

연화의 이름이 불리고 얼마간 박수 소리가 이어졌다.

그리고 뒤이어 다른 이름이 불렸다.

"지혜주."

"난 언제쯤 널 이길 수 있는 거야……."

인아는 그제야 자신에게 계속 말을 걸던 여자애의 이름을 알 수 있었다. 지혜주, 인아는 그 이름을 괜스레 입 안에서 소리 죽여 읊조려 보았다. 혜주 뒤로 한참 동안이나 더 이름이 불리더니 비로소 목소리가 멎었다.

"그럼, 혜주…… 네가 2등이야?"

"지금 약 올려? 아까 네 이름 다음에 내 이름 불린 거 들었잖아. 만년 2등이란 거 확실히 알려 주는 거야?"

"아니, 그런 건 아니고."

성적순을 말하는 거였나. 그럼 이곳은 학교가 맞는 건가? 인아는 계속해서 추측하느라 머리가 깨질 듯이 아팠다. 아무튼 우선 풀이 죽은 듯한 지혜주를 위로하는 게 급선무 같았다.

"2등도 대단한 거잖아. 축하해."

"그래, 2등이라도 유지해서 정말 다행이야. 넌 맨날 1등만 해서 전혀 감흥 없겠지만."

어떻게 반응해야 할지, 꽤나 난처한 상황이었다. 인아

는 자신이 진짜 1등을 한 것도 아닌데 왠지 혜주에게 미안한 마음이 들었다. 이런 마음을 알아채기라도 한듯 혜주는 장난이었다며 인아의 어깨를 툭툭 치고는 말했다.

"난 2등도 좋아."

인아는 그제야 천천히 혜주를 살펴봤다. 머리카락으로 대충 가린 귀걸이, 색을 구분하지 않고 막 신은 짝짝이 양말과 초콜릿이 묻은 긴 셔츠 소매가 눈에 들어왔다. 정연화라고 불리는 이 몸의 주인은 어떤지 모르겠지만, 지혜주란 아이는 참 덜렁대는 성격의 소유자일 것 같았다. 그리고 무엇보다 키가 무척이나 컸다. 키가 족히 180센티미터는 넘을 듯했다. 그래서 그런지 치마가 유독 짧아 보였다. 혜주가 또 무언가 떠오른 듯 인아의 어깨를 두드렸다.

"아, 맞다. 소장님이 조회 끝나면 우리 둘 다 소장실에 들르라고 하셨지?"

"그랬나?"

"얘는…… 소장님 말은 무조건 잘 들어야지. 난 너나 소장님처럼 능력 있는 인어 사냥꾼이 되고 싶단 말이야."

혜주는 인아의 손을 잡아끌고 양해를 구하며 인파를 뚫고 강당을 빠져나갔다.

밖에 나오니 신났는지 지혜주는 펄쩍 제자리에서 뛰었다. 치마 깃이 머리카락과 동시에 휘날렸다. 그때 인아는 혜주의 무릎 위에 가득한 상처들을 발견했다. 개중엔 오래된 흉터도, 아직 핏기가 도는 것들도 있었다. 그래, 분명 평범한 곳은 아닐 거야. 어떤 학생이 상처가 저렇게 많겠어. 앞서가는 혜주의 뒤를 따라 천천히 걸어가는데 둥, 하고 큰 소리가 울려 퍼졌다. 우렁찬 종소리, 그 근원지를 찾아 인아는 고개를 들었다. 거대한 시계탑이었다. 그리고 거기엔 커다란 명패가 걸려 있었다.

'인어 사냥꾼 전문 양성소.'

이곳이 어떤 곳인지 밝혀지는 순간이었다.

*

"연화야, 축하한다. 이번에도 당연한 결과지?"

소장 이지현. 인아는 목에 걸린 신분증부터 확인했다. 조금 전까지만 해도 학생들 이름을 하나하나 호명하며 연설 아닌 연설을 했던, 바로 그 사람. 인아는 마땅한 대답을 찾지 못해 그저 고개를 끄덕였다.

"혜주는 많이 아쉽겠어? 연화 따라잡는 건 이번에도 실패네."

"다음을 기약해야죠~ 그나저나 부르신 이유가 뭐예요?"

"오늘 결과를 봐서 알겠지만, 저번처럼 인어 사냥 파트너로 너희 둘을 붙이는 게 좋을 것 같아서."

소장과 혜주가 동시에 인아를 쳐다봤다. 왜들 그러지? 인아가 멀뚱멀뚱 가만히 서 있자 둘 다 의아해하는 듯한 표정이었다.

"연화야, 괜찮아? 지난번에 더는 혜주랑 못 하겠다고 했잖아."

"어······."

"한 번만 더 파트너 하라고 하면 당장 뛰쳐나갈 줄 알았는데."

딱딱했던 분위기가 조금 누그러지는 듯싶던 그때 혜주가 말했다.

"말도 마세요. 아까는 개인 의뢰를 받길래 같이하자고 했더니 뭐라는 줄 아세요? 인어를 안 잡겠대요."

"개인 의뢰? 내가 주는 의뢰로도 부족했구나."

뭔가 이상하게 꼬여 가는 느낌에 인아는 서둘러 입을 열었다.

"아, 의뢰는 거절할 거예요. 인어를 사냥하고 싶지 않아져서요."

분위기가 급속도로 싸늘해졌다. 소장은 안경을 고쳐 쓰더니 신분증을 갖다 대고 책상 서랍을 열었다. 그러고는 그곳에서 꺼낸 서류를 읽다가 고개를 갸웃했다.

"내가 요즘 사냥 의뢰를 너무 많이 줘서 그래? 물론 너 혼자서 하는 게 편하겠지만, 둘이 같이해야 혜주가 배울 게 많을 거야."

"그런 이유 때문이 아니에요. 어찌 됐든 인어도 생명이잖아요. 다치게 하고 싶지 않아요."

대화를 듣고 있던 혜주가 푸흡, 소리를 내더니 웃음을 터뜨렸다. 뭐가 그렇게 웃기지? 소장도 똑같은 반응이었다. 혜주는 손가락으로 인아를 가리켰다.

"너 제정신이야? 웃겨 죽겠네. 소장님 앞에서 네가 그런 말을 하면 어떡해?"

"요새 연화 성과가 너무 좋아서, 나도 모르게 일정을 타이트하게 짰나 봐. 아무리 연화라도 지칠 만하지. 그러면 개인 의뢰부터 해결하고 와."

"네? 아뇨, 거절할 생각이에요."

"무슨 색 인어를 잡아 달라고 했는데?"

"……보라색이요."

내 말을 듣기는 하는 거야? 인아는 자신의 의지와는 상
관없이 이어지는 대화의 흐름이 마음에 들지 않았다. 그
에 휘말려 꼬박꼬박 답을 하는 자신도.

"죽여 달라는 의뢰야?"

소장이 예리한 질문을 던졌다.

"놓칠 것 같으면 죽여도 된다고 했어요."

잠시 생각에 잠긴 소장이 결단을 내렸다. 정작 인아는
소장에게 선택권을 준 적도 없는데 말이다.

"그럼, 해 봐. 인어를 다치게 하고 싶지 않아서 그런 거
라면 절대 죽이거나 다치게 하지 말고. 그럼 되겠지?"

"그래도, 저는……."

"인어를 잡아 와."

분명 명령조였다. 소장의 살벌해진 눈빛에서 더 이상은
어린아이처럼 떼쓰는 듯한 태도를 봐주지 않겠다는 속내
를 알 수 있었다. 연화의 실력을 시험하고자 하는 확실한

욕구가 느껴졌다. 인아의 선택지는 두 가지였다. 여기서 그만 물러나거나 사실 나는 정연화가 아니라 정인아라고 밝히거나. 하지만 막상 고를 수 있는 건 하나뿐이었다. 나중에 어떻게 되든, 일단 지금은 한발 물러서자. 여기서 한 번 더 반기를 들었다간 인어도 못 보고 갈등부터 벌어질 거란 강한 예감이 들었다. 도망치듯 소장실을 벗어난 인아를 혜주가 따라왔다. 인아는 걸음을 맞추며 혜주를 불렀다.

"지혜주."

"응, 왜?"

인어를 좋아하는 자신이 인어를 사냥해야 한다니, 죽기보다 싫었지만 어쩔 수가 없었다. 인어에게 피해만 끼치지 않으면 괜찮을 거야. 그냥, 보고만 오는 거야. 그렇게 결심한 인아가 입을 열었다.

"나랑 같이 잡으러 가자, 인어."

*

"그러니까 보라색 인어를 잡으면 되는 거지?"

"응, 소장님이 절대 죽이지 말라고 하셨어. 최대한 인어가 다치지 않게 하자."

"정연화, 너 진짜 이상해. 평소 같으면 한 마리라도 더 죽이려고 안달이면서."

지혜주의 말을 통해 정연화에 대해서 알게 될수록 결코 평범한 사람이 아니라고 확신하게 됐다. 왜 하필 인어 사냥꾼과 영혼이 바뀌게 된 건지, 인아는 저주에라도 걸린 것 같았다.

"왜 이렇게 사람들이 많은 거야?"

"당연히 많지. 여기만큼 도망친 인어가 자주 나타나는 장소도 없으니까."

양성소에서 멀지 않은 곳에 이렇게 가파른 절벽이 있다는 것이 믿기지 않았다. 사람들은 전부 낭떠러지 아래를 내려다보고 있었다. 그중엔 강당에서 본 얼굴들도 있었다. 이 사람들도 다 인어 사냥꾼이겠지? 인아는 빽빽한 인파를 헤집고 들어가 절벽 아래를 살폈다. 광활한 호수가 펼쳐져 있었다. 예측 불가능한 꿈을 꾸고 있는 듯했다. 가파른 경사와 높이 때문에 사람들은 내려갈 엄두를 내지 못하고 있었다. 결코 접근이 쉬울 것 같지 않았다. 그런데 혜주는 벌써 장비를 밑으로 던지고 있었다.

"여길 내려갈 수 있겠어?"

"다른 애들은 몰라도 우린 내려가야지."

혜주는 그렇게 말하고는 대담하게 절벽을 내려가기 시작했다. 몇 번이나 발이 미끄러지는 아슬아슬한 순간도 있었지만 정작 본인은 익숙한 일인 듯 덤덤해 보였다. 아래 도착한 혜주가 고개를 들고 소리쳤다.

"빨리 내려와! 뭐 해?"

"이렇게 가파른데, 다른 길은 없어?"

"없어. 있으면 이미 다 그쪽으로 몰려갔겠지."

이런 무서운 방법밖에 없단 말이야? 인아는 막막한 심정으로 아래를 내려다봤다. 진짜 정연화였다면 이런 절벽쯤은 아무렇지 않게 내려갔겠지. 하지만 이 상황을 피할 수 있는 방법은 없었다. 그리고 무엇보다 꼭 두 눈으로 인어를 직접 보고 싶었다. 어차피 다치거나 죽는 건 내가 아니라 정연화잖아. 그런 무책임한 생각을 하자 조금 용기가 솟았다. 인아는 혜주가 했던 대로 절벽을 이루는 돌 하나를 손으로 잡고, 그 아래 튀어나온 부분을 디딤판 삼아 밟았다. 안전한지 여러 번 확인하며 조심스럽게 한 발 내려갔다.

인아는 절벽에 처음 발을 딛자마자 알 수 있었다. 정연화는 보통 이 나이 또래의 체력과 운동신경을 가진 게 아니었다. 바위틈을 움켜쥐는 팔근육이 단단했다. 얼마나 신체 능력이 뛰어난지 격한 움직임에도 숨이 거칠어지지 않았다. 인아는 정연화의 능력이 어디까지인지 시험해 보고 싶은 마음이 들어, 별안간 돌을 잡고 있던 두 손 중 하나를 놓았다.

"야, 뭐 하는 거야. 그러다 다치면 어쩌려고!"

혜주의 다급한 외침이 들렸지만 인아는 절벽에서 떨어지지 않고 한 손으로 지탱했다.

"내가 원래 이렇게 운동신경이 좋았었나?"

인아는 들뜬 목소리로 크게 말했다. 물론 여기서 말하는 '나'는 정인아가 아니라 정연화지만.

"그래, 너 잘하는 거 알겠으니까 어서 내려오기나 해. 내가 더 떨린다."

인아는 심호흡을 한 번 하고는 단번에 절벽 아래로 매끄럽게 이동했다. 마지막엔 손을 놓고 지면에 뛰어내리듯 착지했다.

"까짓것, 별거 아니네."

"자랑 그만해. 아까는 안 어울리게 내숭 떨더니만."

혜주는 진저리가 난다는 듯 손사래를 쳤다. 인아는 절벽을 내려오느라 흙이 묻은 소매를 걷어 올렸다. 양성소에서는 신경 쓸 틈이 없어 몰랐는데 팔근육이 잘 발달돼 있었다. 인아는 혜주에게 들리지 않도록 작은 목소리로 중얼거렸다.

"되게 별난 애랑 몸이 바뀌었네."

*

"그러니까…… 여기에 인어가 있다고?"

인어가 살고 있다는 드넓은 호수가 인아의 눈앞에 펼쳐졌다. 이런 장소가 인어 사냥꾼 양성소 뒤편에 있다는 게 믿기지 않았다. 하지만 이곳에서는 어떤 일이 벌어진다고 해도 놀랄 것이 없었다. 인어가 존재하는 곳에 와 있다는 것만으로도 상상을 뛰어넘는 일이니까.

"어때? 인어가 좀 보여? 너는 특별한 가문 사람이니까 보통 사람들보다 더 잘 볼 수 있을 거 아니야."

"내 가문이 어떤데?"

"왜 갑자기 모르는 척이야. 명성이 자자하잖아. 옛날부터 이어져 내려온 정통 인어 사냥꾼 가문 어쩌고저쩌고……."

그렇게 이야기하는 혜주의 입이 부루퉁 나왔다. 방금 인아는 정연화에 관한 정보 하나를 더 알게 됐다. 정연화의 가문이 대대로 인어를 사냥해 왔다는 것.

"그런 가문이라고 별다를 게 있나?"

"지금 네가 가지고 있는 도구들도 내 거랑은 때깔이 다르거든."

혜주의 도움으로 정연화가 평소 사용했다는 인어 사냥 도구를 챙겨 들고 왔는데, 가만히 살펴보니 정말 그 말이 맞았다. 혜주의 도구는 녹슨 쇠로 된 작살과 군데군데 뜯어진 그물망이 전부였다. 그에 반해 인아가 들고 있는 작살과 그물망의 상태는 훨씬 좋았고, 허리춤엔 형형색색의 치료제와 수면제, 마취제가 있었다. 이런 재료로 인어를 사냥해야 한다니, 여전히 인아는 현실이 와닿지 않았다.

"계속 강조하는 건데 인어 죽이면 안 돼. 알겠지? 웬만하면 다치게 하고 싶지 않아."

"주인이 상관없다고 하지 않았어?"

"그래도 소장님이 안 된다고 하셨잖아."

소장이 절대 인어를 죽이지는 말란 말을 덧붙이지 않았더라면 혜주를 어떻게 말렸을지 아찔했다. 이걸 고마워해야 하나. 애초에 사냥을 나오게 된 건 소장 때문인데.

"소장님이 너희 가문 사람이라고 너무 티 내는 거 아니야?"

"뭐?"

소장님과 연화가 같은 가문이라고? 그 말을 듣자마자 놀라 헛기침이 나왔다. 캑캑 기침을 토한 인아는 의심을 받을까 봐 더 이상은 묻지 못했다.

"얘가 왜 이래. 갑자기 놀라는 척하고. 너네 가문에서 제일 유명한 인어 사냥꾼이잖아. 얼마나 유명하면 그 나이에 인어 사냥꾼 양성소까지 차렸겠어. 정말 멋있으셔."

의도치 않게 무척이나 중요한 정보를 알아 버렸다. 소장 이야기가 나올 때마다 혜주가 인아를 힐끔힐끔 곁눈질한 이유를 알 것 같았다. 인아는 놀란 가슴을 진정시키려 물병에 든 물을 벌컥 마시다 혜주 어깨 너머의 풍경에 눈이 갔다.

"저게 뭐지?"

호수 저편에서 무언가 일렁였다. 그것은 연보라색을 띠고 있었다. 인아가 손가락으로 가리키자 혜주가 그 언저리를 바라봤다. 그러더니 차분한 목소리로 말했다.

"인어네."

"너무 확신하는 거 아니야? 저렇게 먼데."

"호숫가에 인어 말고 보라색을 띠는 게 또 뭐가 있겠어? 게다가 정통 인어 사냥 가문 '후계자'가 봤다면 틀림없겠지."

말릴 틈 없이 혜주는 겉옷을 벗고는 어느새 물로 뛰어들었다. 인아는 그토록 인어를 사냥하고 싶어 하는 혜주를 이해하기 어려웠다. 잠깐 망설이다가 혜주를 뒤따라 호수로 향했다. 수영만큼은 누구보다 자신 있었다. 어렸을 적부터 인어가 되고 싶다는 소망을 품고 수영을 열심히 배운 덕분이었다. 인아는 곧 인어를 두 눈으로 직접 볼 수 있다는 사실에 무척이나 설렜다.

그사이에 혜주가 인어에게 상처라도 입히면 어쩌나 걱정한 것이 무색하게 혜주는 의외로 신중하게 행동했다. 보라색 형체를 유심히 탐색하던 혜주가 신호를 보냈다.

신호에 따라 인아가 호수 안으로 들어갔다. 정오의 햇살을 받아서인지 물이 생각보다 따스했다.

혜주가 물에 젖은 머리칼을 넘겼다. 인아는 무심코 혜주를 바라보다가 이마에 난 상처를 발견했다. 이마 말고도 몸 여기저기에 꽤 깊은 상처가 많았다. 전부 인어를 잡다 생긴 상처일까? 인아는 혜주에게서 시선을 떼고 자신의 몸을 바라봤다. 아니, 연화의 몸을. 근육이 잘 발달된 탄탄한 몸엔 긁힌 자국 하나 없었다.

"혹시 인어 놓치게 돼도 내 책임 아니다~"

지금까지 자신감 넘치던 말투와는 다르게 혜주가 작은 목소리로 말했다. 사실 혜주도 이런 일에 두려움을 느끼는 평범한 아이일지도 모른다고 생각하니 친근한 느낌이 들었다.

그때 목표 지점으로 향하던 혜주가 인아에게 고갯짓했다.

"왜?"

"작살 꺼내라고. 너 작살총 있잖아."

"그것보단 그물망이 낫지 않아?"

"그걸로 확실히 잡을 수 있겠어?"

"응. 물론이야."

인어를 다치지 않게 하려면 불가피하게 거짓말을 할 수밖에 없었다. 지금은 인어를 지키는 것이 무엇보다 중요했다. 인아는 그물망을 끌고 물속으로 천천히 걸어 들어갔다. 어떤 핑계를 대서라도 인어 사냥에 나서지 말았어야 했나, 하고 후회하는데 혜주가 재촉했다.

"정연화, 빨리 해. 도망가겠다."

인아는 점점 보라색 형체에 가까워졌다. 그물망을 던지기 딱 좋은 거리에 도달한 순간, 인아는 확신할 수 있었다. 인어였다. 인아의 눈앞에 그토록 만나기를 바랐던 인어가 존재했다. 보라색 머리칼은 윤기가 흐르고 투명한 비늘이 한 겹 한 겹 돋아난 새하얀 피부는 홍조를 띠었다.

"……아무래도 못 하겠어."

인아는 그물망을 그 자리에 두고 뒤돌았다. 다치지 않게 잡으려고 했던 결심이 인어를 보자 무너졌다. 혹시라도 그물망에 잡혀 위험에 빠지게 할 수는 없었다. 이 몸의 주인인 정연화의 체면이 구겨질지라도 인어를 지켜 주고 싶었다. 그런 인아의 모습을 바라보고 있던 혜주가 얼굴을 일그러뜨리고 입술을 깨물었다. 짧은 시간 함께했지만 처음 보는 표정이었다.

"정연화, 너 미쳤구나."

젖은 머리를 넘기며 혜주가 중얼거렸다. 그러고는 실망스럽다는 듯 한숨을 뱉었다. 왠지 불길한 예감이 들었다. 혜주는 인아 쪽을 쳐다보지도 않고 물살을 헤치며 인어에게로 향했다. 가만히 두고 볼 수 없던 인아가 혜주를 저지했다. 하지만 혜주는 뭔가에 홀린 사람처럼 인아의 말을 듣지 않았다. 완전히 인어에 몰두한 채 앞으로 갔다. 인아는 혜주 손에 들려 있는 작살총을 발견했다.

"어서 그거 돌려줘. 인어 안 잡는다고."

"싫어. 네가 안 하면 내가 해."

순식간에 벌어진 일이었다. 인어가 보일 만큼 가까워지자 혜주는 망설임 없이 작살총을 조준했다. 대담한 행동이었다. 작살이 향할 곳은 뻔했다. 고개를 돌려 보라 인어를 확실히 확인한 인아가 반사적으로 혜주의 팔을 붙잡았다. 그리고 동시에, 방아쇠가 당겨졌다.

2

"어쩌다가 이렇게 다친 거야?"

"모르겠어요. 워낙 순식간에 벌어진 일이라."

양성소에서 운영하는 보건실에서 혜주는 다친 왼팔에 붕대를 감고 있었다. 붕대가 단단히 감겼는지 확인한 보건 선생님이 말했다.

"연화가 웬일이래. 인어를 놓쳤는데도 가만히 있고."

"⋯⋯저요?"

"보통 이런 일이 있으면 혜주 때문에 못 잡았다고 투덜 댔잖아."

평소와는 다른 분위기를 감지한 보건 선생님이 의아한 눈빛으로 인아를 봤다.

"못 그러겠죠. 저 때문에 놓친 게 아니니까요."

"뭐? 연화가 실수를 했어? 정말?"

"갑자기 다른 사람이 된 것처럼 인어를 못 죽이겠대요. 말이 돼요?"

보건 선생님이 걱정 어린 질문을 던졌다.

"연화 너 무슨 일이라도 있는 거야?"

"그런 건 아니고요."

"저번 사냥에서 내가 인어 안 죽였을 때는 그렇게 뭐라고 하더니."

혜주가 끼어들며 불만을 토로했다. 그동안 쌓인 게 어마어마했나 보네. 원래의 정연화는 어떤 사람이었는지 인아는 더욱 궁금해졌다. 주변 사람들의 반응만 봐도 결코 만만한 성격의 소유자가 아닌 것은 확실했다. 혜주를 향해 인아가 쏘아붙이듯 말했다.

"넌 좀 조용히 하고 있어."

"너한테 하는 태도는 똑같은데, 혜주야?"

장난스레 웃던 보건 선생님이 치료를 마무리했다.

"괜찮아?"

"네, 이제 완전 멀쩡해요."

걱정하지 말라며 혜주가 두 팔을 허공에 대고 마구 흔들어 댔다.

"그래도 병원에는 꼭 가 봐. 상처가 덧날지도 모르니까."

보건 선생님이 남은 붕대를 정리하려는 그때 보건실 문이 열렸다.

"정연화 여기 있어요?"

정인아를 비롯한 지혜주, 보건 선생님까지 세 명의 시선이 문을 열고 들어온 한 인물에게 쏠렸다.

"인어는 잡았어?"

강당에서 인아에게 처음 인어 사냥을 제안한 의뢰인이었다. 인아는 그 말에 발끈했다.

"사람이 다쳤는데, 고작 그 말뿐이야?"

하지만 정작 혜주는 별 상관없다는 듯이 자리에서 일어나 주머니에서 무언가를 꺼냈다. 지느러미였다.

"이거 네 인어 지느러미 맞아?"

인아는 그것을 보자 속이 거북해졌다. 아니, 화가 치밀어 올랐다. 조금 전까지 인어의 몸에 붙어 있던 건데, 어떻게 저걸 아무렇지도 않게 들고 다닐 수 있지.

의뢰인이 보랏빛 지느러미를 뚫어지게 쳐다봤다.

"이것만 보고 어떻게 알아?"

"주인이잖아, 그것도 구별 못 해?"

지느러미를 보기가 힘들어 고개를 돌리고 있던 인아가 말했다.

"보라색 머리칼에, 피부는 하얬어."

혜주가 인아의 말을 가로챘다.

"아, 게다가 의지가 대단하던데? 작살이 지느러미에 걸렸는데도 용케 뜯고 도망치더라. 그래서 우리가 가지고 왔어."

인아의 방해에도 불구하고 혜주의 작살이 한발 빨랐다. 인어의 비명이 고막을 찔렀을 때, 인아는 정말 도망치고 싶은 심정이었다. 인어를 지키지 못했다는 죄책감에 괴로웠다. 애초에 인어 사냥꾼과 몸이 바뀐 것부터 엄청나게 잘못된 일인 것 같았다.

"그렇다면 내 인어가 맞을 거야."

"어떻게든 잡으려고 했는데 팔이 이 꼴이 나 버렸어. 네 인어를 도우려고 나타난 하얀 인어 때문에."

하얀 인어라면 인아도 혜주를 통해 듣기만 했다. 보라 인어가 작살에 걸린 지느러미를 뜯고 도망쳤을 때, 혜주는 곧장 뒤따라갔지만 인아는 눈을 가린 채 포기한 상태였으니까. 추격에 실패한 혜주는 돌아오자마자 팔의 상처를 자랑했다. 보라 인어를 쫓아가다 하얀 인어와 맞닥뜨렸고, 무리해서 하얀 인어를 공격하려다가 바위에 부딪혔다고 했다.

혜주가 터벅터벅 걸어가 의뢰인 앞에 섰다.

"그런데 말이야, 이렇게 잡기 힘든 인어인데 사례금을 많이 못 준다는 게 사실이야?"

혜주의 큰 키 때문에 의뢰인의 얼굴에 그림자가 드리웠다. 하지만 의뢰인은 주눅 들지 않고 오히려 당당하게 말했다.

"난 애초에 네가 아니라 정연화에게 의뢰했어. 월말 평가에서 늘 1등을 차지하는 인어 사냥꾼이라서 기대했는데 실망이네. 게다가 인어 한 마리도 못 잡고 다친 건 네 실력 탓이잖아."

"뭐라고?"

"혜주야."

보건 선생님의 만류가 아니었다면, 혜주는 화를 가라앉히지 못했을 것이다. 인아는 이 상황을 더 이상 모른 척할 수 없었다.

"그래도 네가 의뢰한 인어를 잡다가 다쳤는데, 말이 너무 심한 거 아니야?"

인아가 거들자 의뢰인은 말이 안 통한다는 듯이 고개를 저었다.

"너희 실력이 부족했던 탓이지."

혜주는 감정을 주체하지 못하고 의뢰인에게 달려들 태세였다.

"야, 지혜주. 진정해."

혜주는 아직 흥분 상태였으므로 인아가 침착해지는 수밖에 방법이 없었다. 인아는 의뢰인을 향해 입을 열었다.

"치료비나 사례비는 네 뜻대로 해도 괜찮아."

"……."

"그래도 아까 한 말은 사과해. 이번엔 내 실수가 컸어. 나 때문에 못 잡은 거나 마찬가지니까 혜주 실력까지 운운하진 마."

싸움을 말리는 데 급급한 나머지, 인아는 정연화 행세를 해야 한다는 사실을 깜빡 잊고 말았다. 하지만 은연중에 인아의 본래 말투가 나왔다는 걸 눈치챈 사람은 아무도 없었다. 정연화였다면 이 상황에서 뭐라고 말했을까? 뒤늦게 궁리해 봤지만 아마 그녀였다면 애초에 이런 상황을 만들지 않았을 것 같았다.

　"됐어. 아예 다른 사냥꾼한테 맡기는 편이 낫겠어."

　의뢰인은 그렇게 말하더니 미련 없이 보건실을 나갔다.

＊

　혜주는 물에 젖은 사냥 도구를 정리하면서도, 휴식을 취하려 기숙사로 향하면서도 줄곧 풀이 죽어 있었다. 쉬지 않고 재잘대던 입은 뭔가를 결심한 듯 꾹 다물어져 있었다. 기숙사에 도착하자마자 혜주는 말없이 제 방으로 들어가 버렸다. 덕분에 인아는 한참을 헤매고 나서야 정연화의 이름이 적힌 문을 발견했다. 인아는 조금 망설이다가 문 손잡이를 잡고 천천히 돌렸다. 다행히 방에는 아무도 없었다. 그제야 온몸의 긴장이 풀려 사냥 도구들을 바닥에 던지듯 내려놓았다. 그리고 곧장 침대로 가서 누 웠다. 인아는 자신에게 일어난 일을 여전히 믿을 수가 없 었다. 왜 정연화라는 아이와 몸이 바뀐 것일까. 원래의 몸 으로, 원래의 세계로 돌아가려면 어떻게 해야 할까. 그때 인아는 과거의 한 장면을 떠올렸다.

"이 목걸이 저한테 주셔도 돼요? 귀한 거라면서요."
"우리 인아라면 괜찮아. 조개가 예쁘지? 이걸 걸고 있으면 언젠가 인어를 볼 수 있을 거야."
"정말요?"
"물론이지. 인아만큼 인어를 좋아하는 사람이 또 있을까?"

인아는 조개 목걸이를 걸어 주던 엄마의 손길이 그리웠 다. 그 목걸이를 선물 받은 후로 늘 목에 걸고 다녔다. 게 다가 그 조개는 무척 특별했다. 인아는 습관처럼 제 목을 더듬었다. 무언가가 걸렸다. 혹시, 하고 부푼 기대를 품고 확인했지만 정연화의 신분증이었다. 순간이나마 자신의 목걸이가 있기를 바랐던 건 헛된 기대였다. 원망스럽게 신분증을 쳐다보는데, 그곳에 삽입된 사진에 눈길이 갔다. 이게 정연화구나. 인아는 침대에서 일어나 화장실로 보이는 곳으로 갔다. 세면대 위에 달린 거울을 본 순간 놀라서 두 눈을 크게 떴다. 그러고 보니 이 세계에 온 이후로 자신의 모습을 제대로 확인한 적이 없었다.

정연화는 귀밑까지 간신히 오는 짧은 단발에, 매섭게 올라간 눈꼬리를 하고 있었다. 그리고 금빛으로 빛나는 노란색 눈동자를 갖고 있었다. 코 부근에는 연하지만 주근깨가 나 있었다. 이제야 자신이 인어를 다치게 하고 싶지 않다고 말했을 때 혜주와 소장, 보건 선생님을 비롯한 모든 이들이 보인 반응이 이해가 됐다. 정연화의 매서운 인상은 누가 보더라도 피도 눈물도 없는 냉혹한 인어 사냥꾼의 모습이 틀림없었다.

왠지 혜주에게 미안한 마음이 들었다. 현재로서 믿을 수 있는 조력자는 정연화의 유일한 친구인 혜주뿐이었다. 어쩌면 이번 사냥의 실패로 자신을 원망하고 있을지도 모른다는 생각이 들었다. 인아는 낯설지만 묘하게 편안한 느낌을 주는 연화의 방을 뒤로하고, 곧장 혜주의 방으로 향했다.

"지혜주, 나 할 말 있어."

인아는 노크를 하고 대답이 돌아오길 기다렸다. 하지만 반응이 없었다.

"안에 있어?"

또다시 물었지만 여전히 대답이 없었다. 인아는 조심스럽게 손잡이를 돌려 봤다. 방문은 잠겨 있지 않았다. 인아는 한참을 문 앞에서 망설이다가 마침내 결심한 듯 방으로 들어갔다. 곧장 눈에 띄는 것은 혜주와 연화의 차이였다. 깔끔한 연화의 방과 달리 혜주의 방은 여기 저기 수집품들로 꾸며져 있었다. 각종 인형, 조개, 돌, 인어 지느러미, 비늘……. 책상에 널브러져 있는 붕대를 발견하고 인아는 혜주가 걱정되기 시작했다. 아픈 사람이 대체 어딜 간 거지? 불현듯 시선을 돌린 곳에 사냥 도구 보관함이 있었다. 나란히 걸린 도구들 중에서 작살과 그물망이 보이지 않았다.

'설마, 인어를 잡으러 간 걸까?'

*

어둠이 빠르게 호수를 뒤덮고 있었다. 두 번째로 방문

한 호수는 익숙해지긴커녕 점점 공포심이 커졌다.

"야, 지혜주. 너 여기 있지? 이제 곧 어두워질 텐데 어디 있는 거야?"

무서울수록 무섭지 않은 척해야 한다고 배웠다. 인아는 일부러 목소리를 키웠다. 당장이라도 혜주가 자신의 목소리를 듣고 와 준다면 좋을 텐데.

길을 안내해 주는 혜주가 없어서인지, 무작정 걸음을 내딛다 보니 호수의 깊은 곳까지 들어온 것 같았다. 혹시라도 이곳에서 길을 잃을까 봐 걱정됐다. 하지만 인어에 대한 걱정이 인아를 붙잡았다. 이대로 돌아갔다가 혜주가 인어를 다치게 하거나 죽게 하면 어떡하지. 이미 돌아가기엔 너무 늦었다. 인아는 더 크게 혜주의 이름을 부르짖었다.

"지혜주, 너 거기 있어?"

오른쪽 덤불에서 인기척이 느껴졌다. "혜주야?" 하고 인아가 부르자 덤불이 흔들렸다. 그제야 안도감이 들면서 저절로 입꼬리가 올라갔다. "혜주 맞지? 왜 거기에 있어?" 하지만 대답이 없었다. 인아가 덤불 쪽으로 가려는데, 이번엔 왼쪽에서 말소리가 들렸다. 인아가 고개를 돌려 소리의 진원지를 찾았다.

그곳에 혜주가 있었다. 하지만 혼자가 아니었다. 왠지 불길한 기운이 풍기는 빨간 머리의 존재와 함께였다. 그 형체는 분명 인어처럼 보였다. 그렇다면 이 덤불엔 누가 있는 거지? 혈관을 파고드는 섬뜩함이 인아의 두 다리를 제멋대로 달리게 만들었다. 겁에 질린 인아는 무작정 혜주를 향해 뛰었다. 인아가 내지른 비명에 혜주가 뒤를 돌아봤다. 혜주는 자신의 품으로 달려드는 인아를 받아 주려다 중심을 잃고 뒤로 넘어졌다.

"뭐야, 정연화 너 여긴 어떻게 왔어?"

"너 찾으려고 왔지. 방에 없으니까."

"네가? 나 때문에?"

당황한 건지, 감동한 건지 혜주는 어정쩡하게 넘어진 자세 그대로 멈춰 버렸다. 인아는 그런 혜주의 모습이 왠지 우스워서 웃음을 터뜨렸다. 그나저나 왜 우리 둘뿐이지. 분명 빨간 머리의 인어가 있었는데…….

"아까 누구와 이야기한 거야? 혹시 인어였어?"

"무슨 소리야. 내가 인어랑 이야기를 왜 해. 잡아도 모자랄 판에."

"그래, 너 인어 잡으러 온 거 맞지?"

"그게 아니면 왜 왔겠냐. 불행히도 아직 못 잡았지만."

다행이었다. 인아는 몸을 일으켰다. 흙이 묻은 손바닥을 들여다보니 뭔가가 반짝이고 있었다. 확실하진 않지만 언뜻 인어의 비늘처럼 보였다. 그것은 은은한 붉은빛을 띠고 있었다. 하지만 인아는 우선 혜주의 말을 믿기로 했다.

혜주가 흐트러진 머리를 정돈하며 진지한 말투로 말했다.

"야, 문제가 심각해. 그 의뢰인이 새로 고용한 사냥꾼들이 벌써 움직이고 있어."

"어쩐지. 여기 누가 더 있는 것 같더라."

"그러니까 오늘 중으로 꼭 보라 인어를 잡아야 해. 그들보다 먼저."

인아는 혜주가 왜 이렇게 인어에 집착하는지 이해할 수 없었다.

"거래는 끝났잖아. 이제 와서 인어를 잡아 봤자 의뢰인이 돈을 주진 않을 거야."

인아는 혜주를 찾아 나선 것을 후회했다. 아니, 자신이 이 낯선 세계에서 믿을 수 있는 유일한 사람이 혜주라고 생각했던 것을.

"내가 분명히 인어 사냥 안 한다고 했잖아."

"그래~ 이런 반응을 예상 못 한 건 아니지. 그러면 이건 어때? 의뢰인이 고용한 인어 사냥꾼들보다 먼저 인어를 잡아서 우리가 키우는 거야. 인어를 잡는 미끼로 인어만 한 것도 없잖아."

혜주가 음흉하게 웃었다. 인아의 마음이 흔들린 것은 '우리가 키워 보자'는 말이었다. 인아는 인어를 볼 수 있다는 것만으로도 벅찼다. 인어를 키운다는 것은 상상조차 할 수 없는 일이었다. 하지만 그걸 인어가 원한다는 보장은 없었다. 무엇보다 다른 인어를 잡는 데 미끼로 쓴다는 것은 말도 안 되는 일이었다.

"난 안 할래. 이미 끝난 계약이잖아."

"그럼 어쩔 수 없고. 걔가 과연 도망친 인어를 그냥 내버려 둘지는 모르겠네."

"인어가 도망쳤다고?"

"아마추어처럼 왜 그래. 인어가 얼마나 비싼데 일부러 놓아 주는 사람이 있겠어? 대부분 자유로운 삶을 찾아 스스로 도망친 거지."

인아는 뭔가로 머리를 세게 맞은 것처럼 충격을 느꼈다. 이 세계에서는 인어를 개인이 소유하며 마치 애완동물처럼 여긴다는 사실을 믿을 수 없었다.

"우리가 잡은 인어들 중엔 후에 주인에게 반항하다가 죽은 애들도 더러 있어. 물론 또다시 목숨을 걸고 도망쳐서 자유를 얻은 인어들도 있지만."

이대로 그냥 돌아가 버린다면 보라 인어는 더 큰 위험에 처할지도 몰랐다. 인어 사냥꾼들에게 잡혀 주인에게 돌아간다면 곤혹을 치를 것이 분명했다.

"그럼, 우리가 잡자. 대신 제안 하나 할게."

"뭔데?"

인아의 말에 혜주가 솔깃해했다. 마침내 자신의 뜻대로 되었다는 들뜬 표정이 얼굴에 고스란히 드러났다.

"인어를 바다에 도로 풀어 주는 건 어때?"

"뭐? 왜 그런 짓을 하는 건데?"

"인어를 넓은 바다에 풀어 주면, 의뢰인은 영영 인어를 다시 만나지 못해. 어쩌면 우리가 인어를 풀어 준 줄도 모르고 호수에서만 애타게 찾겠지."

"그래서 우리한테 좋은 게 뭐야?"

"인어들이 우리한테 호의적인 마음을 갖게 하는 거야."

혜주는 마치 괴물이라도 본 듯한 놀란 얼굴로 인아를 쳐다봤다. 인아는 자신이 정연화가 아니라는 것을 혜주가 알아챌까 봐 걱정됐지만, 인어를 최대한 다치지 않게 놓아 주려면 지금 이 방법이 최선이었다. 인아는 물러서지 않고 혜주를 몰아붙였다.

"별로야?"

무슨 생각에 빠져 있는지 한동안 아무 말이 없던 혜주가 마침내 입을 열었다.

"좋아. 대신 나도 조건이 하나 있어."

"뭔데?"

"그건 나중에 말해 줄게. 어때, 내 제안은?"

인아는 알겠다는 대답 대신 악수를 청하듯 혜주를 향해 손을 내밀었다. 혜주 역시 인아의 손을 마주 잡았다. 사냥하느라 다친 상처 때문에 혜주의 커다란 손은 거칠고 까슬까슬했다.

"그럼 약속한 거지? 이만 기숙사로 돌아가자."

기숙사로 돌아가려는데 혜주가 인아의 손목을 잡았다.

"어디 가? 인어 잡아야지."

"너 지금도 충분히 무리했어. 내일 아침에 다시 오자."

"그러다 인어가 다른 사냥꾼한테 잡히면?"

"이 시간엔 인어고 뭐고 아무것도 안 보여."

하늘이 먹물을 쏟아부은 것처럼 깜깜했다. 하늘에는 인어의 붉은 비늘 같은 별들만이 반짝이고 있었다.

*

다음 날 정인아는 변함없이 정연화의 몸으로 눈을 떴다. 옷을 갈아입은 인아는 사냥에 필요한 물건들을 챙기기 시작했다. 사냥 도구 중에는 치료제도 있었다. 왠지 한 병으로는 부족할 것 같아서 한 병 더 가방에 넣었다. 혹시 모를 때를 대비해 구급약품을 챙기던 인아는 책상에서 포스트잇 쪽지 하나를 발견했다. 할 일을 잊지 않으려고 적은, 일종의 투 두 리스트 같았다. 종이에 묻은 흑연 가루를 털어 내자 주소처럼 보이는 숫자가 적혀 있었다. 그리고 그 아래에는 이렇게 쓰여 있었다.

소장님 방에서 책 가져오기.

무슨 책을 말하는 거지? 호기심이 발동했지만, 일단은 혜주와 만나는 게 먼저였다. 인아는 쪽지를 주머니 안에 넣었다. 그리고 거울에 비친 제 모습을 봤다. 머리를 묶을 수도 없을 만큼 짧은 단발. 정말 내 스타일은 아니네. 어떻게 몸이 바뀌게 된 것일까? 정연화는 인아의 세계에서 인아의 몸에 적응하고 있을까? 인아가 알 수 있는 건 아무것도 없었다. 그 말은 즉, 인아가 원래의 세계로 돌아갈 확률도 희미하다는 의미였다. 인아는 금방이라도 울음이 터질 것만 같았다. 하지만 자신의 몸이 아닌 탓인지 애석하게도 눈물은 나오지 않았다.

3

"설마…… 벌써 잡아간 건 아니겠지?"

혜주가 턱을 괴고 중얼거렸다. 꼭두새벽부터 기숙사를 빠져나와 호숫가를 둘러봤지만 인어는커녕 물고기 한 마리 보이지 않았다. 인어를 꼭 바다로 보내 줘야지, 라는 인아의 당찬 포부가 무색해졌다.

"어젠 주위가 너무 어두워서 다른 인어 사냥꾼들도 인어를 찾지 못했을 거야."

"그런데 왜 지금도 안 보이냐는 거지."

인어를 기다린 지 어느덧 두 시간이 지났다. 물론 평범한 물고기가 아닌 인어를 잡는 건 결코 쉽지 않은 일일 거라고 생각했다. 게다가 인아의 세계에선 볼 수 없던 인어가 아닌가. 하지만 지난번 사냥에서 보라 인어를 금세 발견했기 때문에 이번에도 그럴 것이라는 기대가 있었다. 하지만 아무리 전문 사냥꾼인 정연화의 몸이라고 해도 연속으로 두 번의 행운을 바라는 건 무리였다.

"근데 인어들은 마음대로 몸 색깔을 바꿀 수 있어?"

"상황에 따라서 가끔 다른 색으로 위장하기도 하는데, 선천적으로 고유의 색을 갖고 태어나. 왜 갑자기 인어에 대해서 아무것도 모르는 사람처럼 굴어. 너 아무래도 이상하다?"

인아는 인어에 대해 궁금한 것이 많았지만, 자칫 자신의 정체를 들킬지도 모른다는 생각에 질문을 멈췄다. 그러자 고요한 정적이 찾아왔다. 혜주는 그 정적을 깨듯 가방에서 막대사탕을 하나 꺼내 와드득와드득 깨물어 먹었다. 그 소리에 가까이 왔던 인어도 놀라서 달아날 것 같았다. 인아가 자리에서 일어서며 말했다.

"더는 가만히 앉아서 못 기다리겠다."

"어디 가?"

"호숫가로 내려가서 자세히 보려고. 여긴 좀 멀리 떨어져 있잖아."

"야, 기다려. 나도 갈래!"

혜주가 작살을 등 뒤로 둘러메고 인아의 뒤를 쫓았다. 그러고는 인아와 나란히 걸으며 소중한 물건인 듯 조심스럽게 주머니에서 지느러미를 꺼냈다.

"그건 또 왜 가져왔어?"

"부적 같은 거지. 이게 있으면 왠지 좋은 일이 생길 것 같거든."

인아는 여전히 그것을 보는 게 끔찍했다. 혜주를 뒤로하고 자갈길을 걸었다. 크고 작은 돌멩이들 때문에 걷기가 불편했지만 이쪽에서 호수가 훨씬 더 잘 보였다. 인어를 발견하기 수월할 것 같았다.

"이제부터 조용히 하자. 인어가 우릴 먼저 발견하고 도망쳐 버리면 낭패잖아."

혜주가 평소와 다르게 진지한 말투로 말했다. 인아는 말없이 고개를 끄덕이며 이번에야말로 절대 실수하지 않겠다고 다짐했다. 보라 인어는 지느러미에 적중한 작살을 빼내려 갖은 애를 썼다. 그러다 지느러미가 찢겼고, 그 고통을 느낄 새도 없이 물속으로 도망쳤다. 그리고 그 지느러미는 지금 혜주의 손에 부적처럼 들려 있었다.

인아는 하얗고 동글동글한 돌멩이를 만지작대다가 무심코 호수로 던졌다. 그러자 혜주가 말했다.

"너 나한테 화난 게 있으면 그냥 말로 해. 인어 다 달아나겠다."

인아는 그 순간 뭔가 이상하다는 것을 느꼈다.

"잠시만."

돌멩이가 물속으로 바로 가라앉지 않고 물살에 휩쓸려 회오리쳤다. 인아는 돌멩이 하나를 더 던져 봤다. 이번에도 역시 돌멩이는 커다랗게 원을 그리며 물속으로 빨려 들어갔다. 인아는 혜주에게 조용히 하라는 신호를 준 뒤 호수로 들어갔다. 돌멩이가 떨어진 지점에 검은 구덩이가 보였다. 구덩이와 가까워지자 무언가를 빨아들이려는 것처럼 물살의 흐름이 이상해졌다. 인아와 혜주는 그곳에서 빠져나오려고 애를 썼지만 그만 균형을 잃고 구덩이 안으로 휩쓸려 들어갔다.

*

　인아가 눈을 뜬 건 동굴 안이었다. 허리 높이까지 물이 차오른 기이한 장소였다. 옆에는 기절한 듯 물에 둥둥 떠 있는 혜주가 보였다. 놀란 인아가 어깨를 잡고 흔들자 혜주가 숨을 토해 내며 깨어났다. 주위를 살펴보니 물속에서부터 물 밖으로 통하는 계단이 보였다. 인아는 아직 정신을 차리지 못한 혜주를 끌고 간신히 계단을 올랐다. 계단 끝에 있는 문을 통과하자 빛이 쏟아져 들어왔다.

　빛이 있는 곳에 꼭 그림자가 있다더니, 그림자처럼 인어들이 그곳에 숨어 있었다. 보라 인어의 곁을 지키고 있던 하얀빛을 띠는 인어는 인아와 눈이 마주치자마자 다급히 손을 뻗어 긴 나무창을 꺼냈다. 혜주가 마주쳤다고 말했던 하얀 인어인 것 같았다. 인아는 양손을 머리 위로 들어 올리고 항복하는 자세를 취했다.

　"진정해. 그러지 말고 우리 얘기를⋯⋯."

　"당신이 지금 업고 있는 사람, 내 친구에게 작살을 던졌던 그 사람 맞죠? 그 잔인한 인어 사냥꾼이 어떻게 여기에⋯⋯."

"정연화, 저거 지금 나한테 하는 소리 맞지?"

몸도 제대로 못 가누던 혜주가 입을 열었다. 혜주가 비틀거리며 하얀 인어에게 다가가려고 하자, 잔뜩 겁에 질린 하얀 인어가 눈을 감고 있는 보라 인어 앞을 막아서며 소리를 질렀다.

"자칫하면 이 아이, 당신들 때문에 죽을지도 몰라요. 초반엔 상처의 크기가 크지 않았는데 도망치려 헤엄치다가 아예 몸이 만신창이가 돼 버렸어요."

하얀 인어는 나무창을 쥐고 있는 손에 힘을 주었다. 절박함을 감추려는 듯, 그녀는 천천히 숨을 내쉬었다.

"우리가 치료해 줄게."

인아는 자기도 모르게 그렇게 말했다. 인아의 말을 들은 하얀 인어는 못 믿겠다는 눈빛이었지만, 인아의 진심이 담긴 눈빛을 보고 경계를 누구러뜨렸다. 반면에 혜주는 입술을 깨물었다. 인어 사냥꾼이 인어를 치료하는 것은 절대로 해서는 안 되는 일이라고 생각하는 것이 분명했다. 인아는 거짓말을 해서라도 혜주를 설득시켜야겠다고 생각하고, 혜주에게 귓속말했다.

"일단 치료부터 하고 그다음은 나중에 생각하자."

*

"인어 치료하는 방법은 알아?"

인아의 물음에 혜주는 고개를 갸웃하며 대답했다.

"사람이랑 비슷하겠지."

"믿어도 되는 거야?"

"단순한 상처 치료법만 알아. 우린 살리는 쪽이 아니라 죽이는 쪽이잖아."

하얀 인어가 어찌할지 몰라 허둥대는 인아와 혜주를 지켜봤다. 혜주가 소리 없이 입 모양으로 이제 어떡할 거냐고 물었다. 인아는 잠시 고민하다가 말했다.

"지느러미 줘 봐."

혜주가 주머니에서 지느러미를 꺼냈다. 인아는 평소라면 그것을 쳐다보지도 않았을 테지만 지금은 거리낌 없이 두 손가락으로 집어 관찰했다. 손바닥 크기도 되지 않는 이것 때문에 목숨이 위험해지다니.

이미 바짝 메마른 지느러미는 별 소용이 없을 것 같았다. 잘못 건드리면 모래처럼 부서질 듯해서 조심스러웠다. 인아는 메고 있던 가방의 지퍼를 열고 그 안을 뒤적거렸다. 혜주의 다친 팔이 걱정되어 챙겨 온 붕대가 눈에 띄었다.

동굴에서는 신비로운 힘과 오묘한 분위기가 느껴졌다. 인아는 보라 인어와 달리 하얀 인어에게서 느껴지는 한 가지 다른 점을 알아챘다.

'향이 좋네.'

인아는 하얀 인어의 주변을 감도는 어떤 향을 인지했다. 어쩐지 그 향기가 예사롭지 않게 느껴졌다. 모든 인어가 이런 제각각의 향을 갖고 있는 걸까, 아니면 하얀 인어만의 특별한 점일까.

그때 먼지를 잔뜩 삼킨 것 같은 기침 소리가 들려왔다. 하얀 인어는 곧장 소리가 나는 곳으로 걸어갔다. 혜주와 인아도 뒤따랐다. 그곳에 보라 인어가 있었다.

인아는 마음의 준비를 하고 있었지만, 보라 인어의 상태는 훨씬 더 심각했다. 하얀 인어가 어느 정도 손을 써 보려 노력했는지, 팔을 비롯한 상반신의 자잘한 상처들에는 무슨 약효가 있는지 모를 잎들이 덮여 있었다. 그에 반해 하반신은 끔찍했다. 분명 마지막으로 봤을 땐 한 줌 크기로 뜯겼던 지느러미가 지금 보니 반 이상이 뜯겨 나가 있었다. 게다가 바위와 나뭇가지에 쓸린 자국들도 있었다.

보라 인어의 얼굴은 창백했다. 파르르 떨리는 손끝이 안쓰러웠다. 하얀 인어는 보라 인어의 이마에 흐르는 식은땀을 닦아 주었다. 인아는 주변을 둘러봤다. 눕기에 적당한 크기의 돌이 있었다. 게다가 보드랍고 넓적한 나뭇잎도 한쪽에 한가득 쌓여 있었다. 인아는 돌 위에 폭신하게 나뭇잎을 여러 겹 깔고 보라 인어를 그 위에 눕혔다. 이럴 땐 힘이 센 정연화의 몸이 여러모로 도움이 되었다.

"이게 지금 할 수 있는 최선이야."

인아는 스스로에게 건네는 위안의 말인지, 아니면 보라 인어에 대한 안타까움의 표현인지 알 수 없는 말을 내뱉었다.

*

"혜주야, 내 가방에서 생수병 좀 꺼내 줘."

"바로 시작하려고?"

"그래야지. 더 지체했다간 정말 어떻게 될지 모르잖아."

혜주가 가져온 생수병 뚜껑을 딴 인아가 제 손에 물을

부어 씻었다. 지느러미를 본래 상태로 되돌리는 건 불가능해 보였다. 더 심해지지 않도록 상처 부위를 붕대로 감싸는 것이 인아가 할 수 있는 전부였다. 어쩌면 그것 또한 제대로 할 수 있을지 미지수였다.

색색거리는 보라 인어를 보며, 인아는 수영장을 다니면서 어깨너머로 배운 응급처치들을 되새겼다. 물론 그 대상은 지느러미를 가지고 있지 않은 사람이었지만. 보라 인어가 인아에게로 눈길을 돌리며 미간을 찌푸렸다. 하얀 인어가 다가와 보라 인어의 손을 잡았다.

"널 도와주실 거야."

하얀 인어의 다독임에 보라 인어의 표정이 한결 누그러졌다. 상처 부위를 가까이에서 본 인아는 울컥하는 감정을 잠재우려 애썼다. 인아가 어릴 때 책이 닳고 닳도록 보았던 인어가 나오는 동화와 이곳은 달랐다. 게다가 자신의 작은 실수만으로도 한 생명에게 마침표가 맺힐 수 있는 급박한 상황이었다. 인아의 손끝이 긴장으로 바르르 떨렸다.

그때 인아의 옆으로 다가온 혜주가 말했다.

"너 그거 있잖아, 치료제. 먼저 그것부터 사용하자."

인아는 그제야 자신의 허리춤에 꽂혀 있는, 정연화가 가지고 다니던 형형색색의 약재가 담긴 병들을 살펴봤다. 그중 초록색 가루가 든 병에 치료제라고 쓰여 있었다. 인아는 재빨리 그 병을 열었다.

"그건 생포해야 할 인어가 다쳤을 때 주로 사용하니까 효과가 있을 거야."

혜주가 말하는 사이 인아가 초록색 가루가 든 병을 꺼내 흔들었다. 영롱한 빛을 띠는 가루를 상처가 제일 심한 부위에 뿌리자 보라 인어가 비명을 질렀다.

"물에 섞으면 더 효과가 좋아. 줘 봐."

인아가 가루를 건네자 혜주는 능숙하게 가루와 물을 섞어 상처에 부었다. 보라 인어의 비명이 계속 고막을 찔렀다. 인아는 마음속으로 미안하다고 수백 번이고, 수천 번이고 말했다. 하지만 혜주는 침착하게 하얀 인어를 향해 말했다.

"야, 네 친구 진정시켜."

"안 그래도 그러고 있어요. 그런데 이 방법밖에 없어요? 너무 아파하잖아요."

"어쩔 수 없어. 마취제도 없고, 있다 하더라도 우리가 안전하게 사용할 수 있을지도 모르겠고."

혜주는 입술을 깨물었다. 약을 뿌릴 때마다 보라 인어는 고통스러운지 몸을 마구 비틀었다. 그녀가 가만히 있도록 붙잡고 있던 인아와 하얀 인어 역시 덩달아 몸이 이리저리 휘둘렸다.

"이다음엔…… 붕대를 감는 편이 좋을 것 같아."

혜주가 병을 바닥에 내려놓았다. 그러고는 붕대를 펼쳐 입으로 재빠르게 뜯어내더니 보라 인어의 허리 부분부터 지느러미를 감싸기 시작했다. 보라 인어의 몸부림도 점점 멎었다. 치료제와 인어의 혈액이 섞여 붕대를 감을 때마다 질척이는 소리가 났다. 인아는 지켜보는 것이 힘들었지만 눈을 감지 않았다. 보라 인어도 치료에 방해가 되지 않으려 안간힘을 썼다. 대신 수정 같은 눈물을 흘렸다.

*

보라 인어는 붕대를 다 감자마자 기절하듯 잠들었다. 하얀 인어도 긴장이 풀렸는지 그 옆에서 잠시 얕은 잠을 청했다. 인아는 구급약품을 정리하다가 계단과 연결된 또 다른 통로의 입구를 발견했다. 빛이 쏟아져 들어오는 것으로 봐선 바깥과 연결된 것 같았다.

"잠시 나갈래?"

인아의 제안에 혜주가 고개를 끄덕였다.

계단을 올라 통로를 빠져나오자 햇빛이 강렬했다. 아래로는 까마득한 낭떠러지가 펼쳐져 있었다. 바깥 공기를 시원하게 들이마신 혜주는 그제야 긴장이 풀렸는지 한숨을 크게 내쉬었다. 인아의 눈에 그런 혜주의 모습이 왠지 달라 보였다.

"혜주 너, 능숙하게 치료 잘하더라."

칭찬을 듣자 쑥스러운지, 혜주가 시선을 피하며 제 머리칼을 매만졌다. 긴 연갈색 머리칼 사이로 보이는 얼굴이 미묘하게 붉어졌다.

"민망하게 왜 갑자기 안 하던 칭찬을 하냐."

인아는 갑자기 혜주의 생각이 궁금해졌다.

"너한테 하나 물어봐도 돼?"

"뭐든지."

"아직도 인어를 죽이고 싶어?"

"응?"

"처음엔 다 죽여도 상관없다는 기세였잖아."

"……지금은 다르지. 기껏 힘들게 살려 놨는데 어떻게 죽이겠어."

혜주도 어쩌면 자신이 보라 인어를 다치게 했다는 것에 죄책감을 느끼고 있었는지도 몰랐다. 그래서 다친 인어를 치료해 주고, 하얀 인어를 사냥하겠다고 달려들지 않은 것인지도.

"아, 진짜 부끄럽다. 인어를 눈앞에 두고도 잡지 못하는 사냥꾼이라니."

"나는 오히려 그런 네가 좋은데?"

그렇게 말하자 혜주가 고개를 숙이고 말했다.

"가자, 슬슬 추워진다."

인아는 그제야 생각난 듯 혜주에게 물었다.

"맞아, 나 물어보고 싶은 게 하나 더 있어. 혹시 하얀 인어한테서 무슨 향 못 맡았어?"

"못 맡았는데. 인어한테서 무슨 향이 나?"

혜주는 시시한 질문이라는 듯 그렇게 말하고는 다시 동굴과 통하는 계단을 내려갔다. 인아는 손가락으로 코끝을 문질렀다. 아직도 희미하게 그 향이 남아 있는 것 같았다.

*

"어디 갔다 왔어요?"

혜주와 인아를 보자 하얀 인어가 물었다.

"잠깐 바람 쐬러."

인아가 바깥으로 연결된 통로를 손가락으로 가리켰다. 곧이어 혜주가 물었다.

"네 친구는 어때?"

"괜찮은 것 같아요. 아직 확실히는 모르겠지만요."

하얀 인어가 보라 인어의 얼굴을 쓰다듬었다. 걱정과 안도감이 뒤섞인 감정이 하얀 인어의 몽환적인 눈동자에 고스란히 새겨져 있었다.

"그나저나 정신이 없어서 이제야 물어보네, 넌 이름이 뭐야?"

인아의 질문에 자연스레 혜주의 시선도 하얀 인어에게로 향했다. 하얀 인어가 잠시 생각하는 듯하더니 천천히 입을 열었다.

"전 아스타라고 해요."

"그러면 보라색 인어는 이름이 뭔데?"

"쟤는 버베나예요."

인아는 하얀 인어, 아니 아스타와 버베나를 바라봤다. 버베나는 악몽을 꾸는지 작게 신음을 내뱉었지만, 숨소리는 비교적 안정적으로 들렸다. 다행이었다.

"조만간 전문가를 데려올게. 그러면 상태가 한결 나아질 거야. 그리고……."

혜주가 말을 제대로 끝마치지 못하고 인아를 바라봤다.

"아, 맞다. 지금 몇 시지?"

분위기를 전환하려는 듯 인아가 질문을 던졌다. 혜주는 가방을 뒤적여 손목시계를 꺼냈다.

"11시 15분이야. 지각은 확정이네."

인아가 급하게 떠날 채비를 마치고 아스타에게 말했다.

"꼭 다시 올게. 그때까지만 참아 줘."

"돌아가는 길 아세요?"

"대충은. 호수 바닥에 밖으로 연결된 통로가 있던데?"

인아가 혜주에게 서두르자고 하자, 혜주가 능청스럽게 말했다.

"난 여기서 인어들 지켜야지."

"헛소리 그만하고 빨리 와."

아스타는 이런 둘을 가만히 지켜봤다. 혜주가 아스타에게 손을 흔들며 말했다.

"잘 있어라, 곧 돌아올게~"

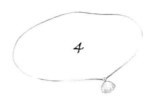

4

인아는 혜주와 텅 빈 강당을 청소하며 아스타와 버베나에 대해 생각했다. 그들이 과연 나를 신뢰할까. 버베나를 치료해 주긴 했지만, 애초에 버베나를 다치게 만든 건인아와 혜주였다. 어쩌면 그들에게 인아는 무자비한 인어 사냥꾼일 뿐일지도 몰랐다. 복잡한 생각들로 머리가 아파진 인아는 걸레질에 집중하기로 했다.

"야, 여기 덜 쓸었잖아. 지혜주, 똑바로 해."

"그러니까 인어들이랑 계속 있자고 했잖아. 나 지금 팔아파서 쓰러질 것 같아……."

인아의 부름에 미적미적 걸어온 혜주가 구시렁대며 먼지를 쓸어 담았다. 사실, 쓸었다고 하기도 애매했다. 장신인 그녀가 사용하기엔 빗자루가 너무 작았다.

혜주가 빗자루를 버팀목 삼아 기대며 물었다.

"청소 끝난 다음에 보건실 가는 거지?"

"응. 보건 선생님이 도와주실지는 모르겠지만."

"도와주실 거야."

확신에 가득 차 말하는 혜주에게 인아가 물었다.

"왜?"

"그 쌤, 인어 본 경험이 별로 없어서 자기도 한번 보고 싶다고 했었잖아."

'그땐 내가 정연화와 몸이 바뀌기 전이야……' 인아는 그렇게 대꾸하고 싶은 마음을 꾹 참았다.

"그러면 후딱 끝내고 가자. 너 저기도 쓸어."

인아가 고갯짓한 곳으로 다시 혜주가 느긋하게 걸어갔다. 분명 속으로 청소를 째고 도망가고 싶다고 생각할 게 분명했다. 인아는 정연화의 이름을 읊조렸다. 정연화, 정인아……. 이름이 비슷하다는 것이 몸이 바뀌게 된 이유와 관련이 있을까? 인아는 그런 생각을 하며 바닥에 묻은 정체 모를 자국을 꾹꾹 눌러 닦아 냈다.

조금 전, 걸레를 빨기 위해 화장실에 갔을 때 정인아는 거울을 보며 원래 제 모습을 회상했다. 웨이브를 넣은 어깨 길이의 머리에 평범한 연갈색 눈동자. 그리고 목에는 항상 조개 목걸이를 분신처럼 걸고 다녔다. 무척이나 아끼던 것이었다.

"다 했어. 너도 빨리 끝내~"

"너 먼저 보건실에 가 있을래? 정리하고 따라갈게."

빗자루를 청소도구함에 들여놓으려던 혜주가 좋다며 서둘러 보건실로 뛰어갔다. 기다렸다는 듯 뛰어가는 모습이 못 말리는 장난꾸러기 같았다. 인아는 땅바닥에 나뒹굴어진 빗자루를 정리했다. 다 쓴 걸레도 바구니에 던져 놓고 보건실 반대 방향으로 걸어갔다. 이쪽이 아마 소장실이었지. 인아가 주머니에서 쪽지를 꺼냈다.

소장님 방에서 책 가져오기.

이게 도대체 무슨 의미인지 알아봐야겠어.

소장실로 찾아간 인아는 잠시 고민했다. 소장이 올 때까지 가만히 기다릴 수는 없다. 혜주와 보건 선생님, 게다가 인어들까지 자신을 기다리고 있을 테니까. 처음이 어렵지, 그 후로는 쉬운 법이다. 이미 혜주의 방에도 몰래 들어간 적이 있지 않은가. 딱 책만 빼내 올 심산으로, 인아가 소장실 문을 열었다.

"무슨 책일까……."

소장실 한편에는 천장에 닿을 듯 키가 큰 책장들이 있었다. 무모하게 하나씩 뒤져 보기엔 그 수가 너무 많았다. 정연화가 원하는 책이라면 인어 사냥에 관한 것이려나. 제목에 '인어'가 들어간 것들만 골라냈는데도 서른 권이 넘었다. 게다가 인어 사냥보다는 인어에 대한 생물학적 연구가 담긴 보고서와 논문들이었다.

'그러고 보니 중요한 책을 이렇게 잘 보이는 서재에 꽂아 놓았을까?'

불현듯 인아는 혜주와 소장실에 왔던 그날을 떠올렸다. 소장은 신분증을 대고 책상 서랍의 잠금을 풀었었다. 인아는 곧바로 책상을 향해 다가갔다. 가장 아래쪽 서랍이 잠겨 있었다. 중요한 무언가를 숨기기엔 딱이었다. 하지만 문제는, 소장의 신분증이 인아에게 없다는 거였다.

그때 발소리가 들렸다. 걸리면 뭐라고 해명하지. 여기 밑으로 동전이라도 굴러 들어갔다고 할까. 급한 대로 인아는 제 목에 걸린 신분증을 꺼내 책상에 갖다 댔다. 당연히 실패할 거라고 생각했는데 띠릭, 전자음이 명쾌하게 울렸다. 정연화의 신분증이 인식된 거야? 왜? 그 해답은 나중에 찾기로 하고 인아는 서둘러 서랍 안을 뒤졌다. 서류, 달력, 수첩…… 그리고 책 한 권이 있었다. 그 책을 집어 가방에 욱여넣었다.

"연화야, 거기서 뭐 해?"

"소장님한테 할 말이 있어서 찾아왔어요."

아슬아슬했다. 가방 지퍼를 닫자마자 소장과 마주한 것이다. 임기응변으로 답을 꾸며 낸 인아가 발로 서랍을 천천히 밀어 닫았다. 소장은 빈 의자를 가리키며 앉으라고 권했다.

"하고 싶은 얘기란 게 뭔데?"

"개인 의뢰가 취소되었거든요. 자문을 구하고 싶어서

요.”

“아, 그 얘긴 진작 들었어. 인어를 놓쳤다면서. 혜주 때문이지?”

왜 당연하게 혜주 탓을 하는 거지.

“제가 실수해서 그랬다는 건 못 들으셨나 보네요.”

“뭐?”

“소장님이 그때 말씀하신 것처럼 좋은 경험을 쌓았다고 여기고 있어요. 실수에 연연하지 않고.”

“너는, 그렇게 넘기면 안 되지.”

“네?”

소장의 굳은 표정을 보니 인아는 자신이 끔찍한 말실수라도 저지른 느낌이었다. 소장의 눈빛에 살기가 돌았다. 실망을 넘어 분노하는 것 같았다.

“어떻게 네가 인어를 놓쳐. 그건 우리 가문에서는 용납할 수 없는 잘못인데.”

“한 번 놓칠 수도 있죠. 갑자기 하얀 인어가 나타났었잖아요.”

“그보다 더한 상황에서도 늘 완벽하게 해냈잖아, 너는.”

“그건 과거의 제가…… 대단했던 거죠.”

"그게 결론이야? 그렇게 한심하게 굴면 안 되지."

무슨 대답을 바라는지는 모르겠으나, 절대 잘못했다고 말하기는 싫었다. 애초에 순전히 소장의 뜻에 따라 의뢰를 받아들인 거였다. 결과가 소장을 만족시키지 못하기는 했어도 인아가 생각하기에 화를 내야 할 사람은 소장이 아니었다.

"소장님이 힘들어도 좋은 경험이 될 거라면서요."

"그건 사냥에 성공했을 때고. 실수를 이런 식으로 넘기려고 하면 안 되지."

"그냥 넘기는 게 아니에요. 나름대로 반성도 했어요."

"그래? 그러면 잘 반성했나 확인해야겠네. 조만간 의뢰가 늘 거야. 원망해도 실수한 너를 원망해."

벌써 다가올 미래가 까마득했다. 인아가 뭐라고 반박하든 소장은 발버둥 칠수록 더 옭아매는 거미줄처럼 인아를 압박할 것이 분명했다. 소장은 단언했다.

"넌 그런 실수 따위 하면 안 돼. 네가 혜주 같은 애도 아니고, 부끄럽게."

"전 이만 가 볼게요."

인아는 소장이 부끄럽게 여기든 말든 소장실을 빠져나

왔다. 정연화는 이런 압박을 계속 겪었단 말이야? 고작 몇 분간 대화했을 뿐인데도 엄청난 부담감이 양어깨를 짓눌렀다. 인아는 진저리를 치며, 핸드폰으로 시간을 확인하고 곧장 보건실로 내달렸다.

*

"저쪽이에요."

인아는 절벽 위에 뚫린 동굴 입구를 가리켰다. 보건 선생님과 혜주가 동시에 인아가 가리킨 쪽을 바라봤다.

"똑똑하다, 너. 한 번 왔던 곳도 기억하고."

혜주가 칭찬했다. 하지만 문제는 절벽을 오르는 일이었다. 인어 사냥꾼이 아닌 보건 선생님에게는 쉽지 않았다. 보건 선생님은 인아와 혜주의 도움을 받으며 간신히 동굴 입구에 다다를 수 있었다.

동굴 입구에 누군가가 서 있었다. 아스타였다. 그런데 사람처럼 두 다리로 서 있었다. 인아는 말을 잇지 못했다.

"너, 지금 다리가…….."

"길이 헷갈릴까 봐 마중 나왔어요. 그나저나 저분은 누구죠?”

아스타가 보건 선생님을 경계하며 바라봤다. 인아는 지느러미가 사라지고 다리가 생긴 아스타에 대해 묻고 싶었지만 혜주와 보건 선생님이 아스타의 다리를 아무렇지 않게 여기는 것을 보고 입을 다물었다. 혜주가 아스타에게 보건 선생님을 소개했다.

“아, 우리 학교 보건 쌤이야. 쌤, 여기는 제가 말했던 아스타예요.”

“역시 인어는 인어네. 예쁘다. 그런데 다친 곳 없이 멀쩡해 보이는데?”

보건 선생님의 눈이 어린아이처럼 반짝였다. 인아는 그런 보건 선생님에게서 제 모습을 발견했다. 버베나를 처음 봤을 때 나도 저랬을까. 살짝만 건드려도 훼손될 것 같은 섬세한 아름다움. 그것이 인아가 인어를 좋아하는 이유이자, 동시에 인어에 대한 환상을 계속해서 품을 수밖에 없는 이유였다.

“다친 인어는 버베나라는 아이고요. 저 안에 있을 거예요.”

인아는 그렇게 이야기하는 혜주를 지나쳐 아스타에게

다가갔다. 아스타에게서 전보다 한층 진해진 향이 맡아졌다. 인아는 아스타를 유심히 관찰했다. 아스타는 인아의 끈질긴 눈길을 느끼고 부담스러운 듯 시선을 돌렸다. 여전히 인어가 어떻게 두 다리로 바닥을 딛고 서 있을 수 있는지 궁금했지만 모두가 의문을 가지지 않기에 쉽사리 물어볼 수는 없었다. 둘만 남았을 때, 조용히 물어봐야겠다고 생각하며 인아는 일부러 다른 질문을 했다.

"버베나는 상태가 어때?"

"의식은 되찾았어요. 하지만 자세한 건 전문가가 봐야 알겠죠. 따라오세요."

아스타를 따라 모두 이동하기 시작했다. 인아는 그녀의 흰 다리가 여전히 어색하게 느껴졌다.

*

"너희끼리 치료는 어떻게 했어?"

"정연화가 들고 다니는 치료제랑 구급약품 있잖아요. 그거 덕에 수월했어요. 아니면 진짜 난감할 뻔했는데."

보건 선생님의 물음에 혜주가 답했다. 인아는 그때의

기억은 다시 떠올리고 싶지 않았다. 상처투성이였던 버베나의 모습은 지금 생각해도 끔찍했다.

동굴 안으로 들어가자 커다란 바위 위에 누워 있는 버베나가 보였다.

"저 사람이 전문가야?"

아스타가 그랬던 것처럼 버베나도 보건 선생님을 경계심 가득한 눈빛으로 봤다. 우리가 인어 사냥꾼이니, 우리가 데려온 이를 의심하는 건 어쩔 수 없겠지.

"잠시만 볼게."

보건 선생님이 무릎을 꿇고 앉아 버베나의 지느러미를 관찰했다. 붕대를 풀자 이내 상처 부위가 드러났다. 작은 손전등을 꺼내 입에 문 보건 선생님이 한참을 들여다봤다.

"생각보다 훨씬 더 치료를 잘했는데?"

"정말요? 다행이다."

혜주가 안도의 한숨을 내쉬었다.

"상태는 많이 심각한가요?"

"나 진짜 괜찮다니까."

"그래도 혹시 모르잖아."

버베나의 만류에도 아스타가 묻자 보건 선생님이 고개

를 저었다.

"아마 괜찮을 거야. 뜯긴 지느러미 때문에 헤엄치기가 불편하겠지만…… 본인이 익숙해지면 그 문제도 곧 해결되겠지."

보건 선생님이 가방을 닫고 몸을 일으켰다. 오는 데 힘들었으니 조금만 쉬었다 가는 건 어떻겠느냐고 아스타가 권유했지만, 그녀는 정중히 사양했다.

"그럼 우리는 조금 있다가 갈까? 너랑 따로 하고 싶은 얘기도 있고 말이야."

혜주가 인아의 귀에 대고 속삭였다.

"길은 제가 알려 드릴게요."

아스타가 배웅을 자처했다.

"어, 그래. 고마워."

보건 선생님이 얼떨결에 감사 인사를 전한 후 혜주와 인아를 향해 손을 흔들었다.

"그럼 얘들아, 선생님은 간다!"

"네. 도와주셔서 감사합니다."

"안녕히 가세요."

보건 선생님과 아스타가 계단을 올라 동굴 입구를 빠져

나가자 기다렸다는 듯 혜주가 운을 띄웠다. 한쪽에 누워 있는 버베나에게는 들리지 않도록, 최대한 조용히.

"그게 말이야, 인어들 바다로 보내는 거 정말 할 생각이야?"

"무슨 의미야? 당연하지."

"보내는 건 나도 찬성이야. 그런데…… 그렇게 되면 우리도 그 이후로 쟤들을 영영 못 보게 되잖아."

인아는 혜주의 말뜻이 무엇인지 선뜻 이해가 가지 않았다. 인어와 좋은 관계를 유지하는 척하며 사실은 여전히 인어를 사냥할 생각을 하고 있었던 걸까. 인아는 의심의 눈초리로 혜주를 쳐다봤다.

"왜 그런 눈으로 쳐다봐. 어쩌면 인어가 필요한 상황이 생길지도 모르잖아."

"난 없다고 생각하는데."

"만약에 말이지, 만약."

혜주가 뭔가 억울하다는 듯이 자신의 머리칼을 마구 헝클어뜨렸다. 그때 보건 선생님을 배웅하러 갔던 아스타가 혜주와 인아를 향해 다가왔다.

"두 분한테 드릴 말씀이 있어서요."

무슨 일인지, 왠지 착잡해 보이는 얼굴이었다.

"뭔데?"

혜주가 재촉하자 아스타가 인아에게 가까이 다가왔다. 그러고는 귀에 대고 밖에서 이야기하자고 속삭였다.

"버베나가 알아선 안 되는 이야기예요."

아스타가 버베나 쪽을 살피며 말했다. 무슨 얘기를 하려고 그러는 거지. 시선을 교환한 혜주와 인아가 어쩔 수 없이 동굴 밖으로 나왔다.

*

"아까보다 더 추워진 것 같아."

선선한 바람이 불어왔다. 혜주의 말에 인아도 공감했지만, 지금은 추위 따위를 신경 쓸 때가 아니었다. 인아의 관심은 온통 아스타를 향해 있었다. 바람에 펄럭이는 치맛자락을 붙잡으며 혜주가 거침없이 얘기했다.

"왜 나오자고 한 건데?"

"제발 저만 잡아가 주세요."

그렇게 말하는 아스타의 태도가 당찼다. 방금 혜주와

나눈 이야기를 엿듣기라도 한 걸까. 인아는 아스타의 말에 당황하며 손사래를 쳤다.

"아니, 그건 오해야."

"저항할 생각은 없어요."

아스타가 단호하게 말했다. 인아는 혜주에게 이 상황을 해명하라는 듯 눈짓으로 신호를 줬다.

"아스타, 그런 걱정 하지 않아도 돼. 너희 둘 헤어지게 안 할 테니까. 물론 너희를 잡아갈 생각은 더더욱 없고."

"……정말이에요?"

"버베나를 주인한테 돌려보낸다던가, 그런 짓 따윈 안 해."

"그러면, 왜 우리를……."

아스타를 안심시키기 위해서라도 사실을 알려줘야 할 것 같았다. 인아가 입을 열었다.

"풀어 주려고 해, 바다에. 주인이 절대 못 찾도록."

"대체 왜요?"

"어쩌다 보니, 버베나의 주인이 우리 계약을 파투 내서 말이야."

혜주가 장난스럽게 말했지만 아스타는 웃지 않았다. 아

스타는 전혀 예상치 못한 감동을 받은 듯한 눈빛이었다.

"넌 어떻게 하고 싶어? 여기서 계속 살래, 아니면 바다로 갈래?"

잠시 후 아스타가 대답했다.

"바다로 가야죠."

인아는 모든 것이 예상대로 잘 흘러가 다행이라고 생각하면서도, 아스타와 버베나를 영영 볼 수 없게 된다는 사실이 슬프기도 했다. 하지만 그들을 위해서는 감당해야만 하는 슬픔이었다.

아스타가 갑자기 동굴 안으로 들어가더니 잠시 후 다시 나왔다. 손에는 축구공만 한 크기의 커다란 소라 껍데기가 들려 있었다.

"그게 뭐야?"

"우리에겐 탄생석과 같은 거예요."

아스타가 나팔을 불듯 소라 껍데기를 불었다. 웅웅대는 소리가 사방에 울려 퍼졌다. 인아는 인어가 나오는 영화나 드라마에서 저런 것을 본 적이 있었다.

"영화에서 보면 이런 물건에는 마법이 깃들어 있던데."

인아가 눈빛을 반짝이며 말하자 아스타가 맞다는 듯 고

개를 끄덕였다.

"해변에서 불기만 하면 아무리 멀리 있어도 우리가 들을 수 있어요. 이것만 있으면 언제든지 만나는 게 가능해요. 하지만…… 잃어버리면 절대 안 돼요."

혜주가 참을성 없이 손을 내밀었다. 하지만 아스타는 인아에게 소라 껍데기를 건네려 했다. 인아가 소라 껍데기를 건네받기 직전에 버베나가 말했다.

"뭐 하는 거야? 설마 소라를 이 사냥꾼들한테 줄 생각은 아니지?"

아직 몸을 회복하지 못한 버베나가 비틀거리는 걸음으로 아스타를 향해 다가왔다. 그리고 아스타의 손에 들린 소라 껍데기를 빼앗았다.

"이봐, 우리를 신뢰하지 못하는 건 이해가 되지만, 우린 그저 너희를 바다에 풀어 주려는 것뿐이야. 너희도 주인한테 잡히긴 싫잖아."

혜주의 말을 듣고 버베나가 아스타에게 따져 물었다.

"바다에 풀어 준다고? 그게 무슨 소리야?"

"이것만은 확신할 수 있어. 너희가 걱정하는 일은 절대 일어나지 않을 거야."

아스타의 말을 가로채고 인아가 버베나에게 약속했다.

"그렇다면 이 소라 껍데기는 왜 가지려는 건데?"

"아스타가 우리한테 주려고 한 거야. 바다로 간다고 해도 언제 위험한 상황에 닥칠지 모르잖아. 이것만 있으면 그때마다 너희를 도울 수 있을 거야."

혜주의 말에 놀란 건 아스타와 버베나가 아닌 인아였다. 늘 인어를 사냥할 생각만 하던 혜주가 그런 기특한 생각을 했다는 사실이 놀라웠다. 그건 인아조차 미처 하지 못했던 생각이었다.

"바다로 가지 않으면 너희는 곧 다른 인어 사냥꾼들한테 잡힐 거야. 우리가 너흴 도울게. 누구에게도 절대 잡히지 않도록 말이지."

그 말이 버베나의 마음을 움직였는지 소라 껍데기를 쥔 손을 천천히 움직였다.

"아직 너희를 확실히 신뢰한다는 건 아니야. 그냥 한번 믿어보는 것뿐이야."

"걱정 마, 절대 너희를 실망시키지 않을 테니."

버베나가 소라 껍데기를 던지듯 건넸다. 인아가 재빨리 그것을 잡아채며 안도했다.

"그럼, 너희를 언제 풀어 주면 좋을까?"

혜주가 버베나에게 물었다. 버베나가 어깨를 으쓱하고는 답했다.

"지금 당장."

"성격 한번 급하네. 좋아, 근데 가기 전에 하나만 물어보자."

"뭔데."

"어떻게 그렇게 도망을 잘 쳤냐?"

혜주가 소매를 걷고 자랑하듯 다친 제 팔을 보여 줬다. 버베나와 혜주가 사냥의 후일담을 나누는 동안, 인아는 소라 껍데기 표면을 만져 봤다. 매끈할 줄 알았는데 생각보다 꺼슬꺼슬했다. 인아는 어떤 시선을 느끼고 고개를 들었다. 아스타가 인아를 빤히 바라보고 있었다.

"정말 이렇게 소중한 걸 우리가 갖고 있어도 괜찮아?"

"네, 괜찮아요. 여러분이 약속만 지켜 주신다면요."

"음…… 전부터 묻고 싶었는데 혹시 너 향수 뿌려?"

인아는 아스타와 가까이 있을수록 짙게 느껴지는 향을 도무지 무시할 수가 없었다. 혜주는 분명 아무 향도 맡지 못했다고 했는데, 뭔가 이상했다.

"그럴 리가요. 다른 냄새겠죠."

아스타의 눈동자는 흰자위와 구분이 어려울 정도로 또렷한 백색을 띠고 있었는데, 눈빛이 미세하게 흔들리는 모습을 인아는 잠깐 사이에 똑똑히 봤다. 이유가 있을 것 같았지만 물어봤자 답을 해 줄 것 같지 않았다.

*

"한번 해 봐도 돼?"

버베나가 괜찮다고 고개를 끄덕이기 무섭게 혜주가 소라 껍데기를 힘차게 불었다. 나팔 소리에 버금가는 큰 울림에 인아가 귀를 틀어막았다. 참다못한 인아가 혜주의 입에서 억지로 소라 껍데기를 떼어 냈다. 혜주가 민망한 듯 머리를 긁적이며 말했다.

"멀리서도 들릴 만하네. 너네 부를 때마다 소음 공해로 신고당할 각오 해야겠어."

"조용히 불어도 저희한테는 들려요."

"그게 가능해?"

"어렸을 적부터 들어왔던 소리라 감각적으로 알 수 있

어요."

버베나가 옆에서 고개를 끄덕였다. 호수가 아닌 해변은 그 느낌이 또 색달랐다. 인어들도 기대에 부푼 것 같았다. 물론 그건 혜주와 인아도 마찬가지였다. 혜주는 조금 전 인아에게 고백하듯 말했다. 인어들을 잡는 게 아니라 이렇게 풀어 주는 건 처음이라고. 그렇게 말하는 혜주의 얼굴에 뿌듯함이 담겨 있었다.

"다리는 괜찮아?"

인아가 두 다리로 서 있는 버베나와 아스타에게 물었다. 버베나는 한쪽 다리에 붕대를 칭칭 감고 살짝 삐뚤게 서 있었다.

"지느러미에서 다리로 바뀔 때만 좀 힘들지, 걷는 건 괜찮아."

버베나가 답했다.

"누가 걷는 방법을 알려 주는 거야?"

혜주도 그동안 궁금했는지 버베나에게 물었다.

"커 가면서 자연스럽게 터득하는 거야. 어느 정도 나이가 되어 능력이 생겨야 해. 그렇게 된다고 해도 몇 분밖에 못 걸어. 시간이 지나면 지느러미로 다시 변하거든."

버베나는 눈앞에서 직접 다리가 지느러미로 바뀌는 모습을 보여 주었다. 매끈했던 두 다리에서 반짝이는 반투명한 비늘이 돋아났다. 두 눈으로 보고 있으면서도 비현실적으로 느껴졌다. 정연화도 이런 것을 본 적이 있을까. 인아는 어쩌면 자신이 정연화보다도 인어에 대한 비밀을 더 많이 알고 있을지도 모른다고 생각했다. 정연화는 인어를 사냥하기 바빴을 테니 말이다. 그러자 정연화에게 조금 미안하기도 했고, 뿌듯함 같은 것도 느껴졌다. 인아가 물었다.

"바다에 온 소감이 어때?"

"정말 신기해. 이렇게 가까운 곳에 바다가 있었는데 여태 못 왔다니 놀라워."

인아의 물음에 버베나가 바닷바람에 흐트러진 머리를 정돈하며 대답했다. 그러고 보니 버베나는 연화보다 조금 더 긴, 목을 덮는 길이의 단발이었는데 잘린 부분이 유난히 거칠었다. 가위로 자른 게 아닌 것 같았다. 인아가 버베나의 머리칼을 가리켰다.

"머리카락은 누가 자른 거야?"

"내가. 아스타가 도와줬고. 왜, 별로야?"

"아니, 마음에 들어."

"유리 조각으로 잘랐어. 호숫가에 누가 술병을 버려 놓았더라고. 긴 머리가 어울리는 건 얘뿐이거든."

버베나가 아스타의 머리칼을 만졌다. 아스타는 허리에 닿을 정도로 긴 장발이었다.

"이제 보내 줘야 할 것 같아. 사람들의 눈에 띌지도 몰라."

갑자기 거세게 불기 시작한 바닷바람 탓에 혜주가 목소리를 높여 말했다. 혜주의 재촉에 인아는 아쉬움을 삼키며 말했다.

"잘 가!"

"필요할 때마다 불러. 기다리고 있을게."

바닷속으로 들어간 아스타와 버베나는 물 만난 물고기처럼 활기차게 이곳저곳을 헤엄치더니 수면 위로 올라와 손을 흔들었다. 인아는 드디어 마음 한편에 쌓여 있던 무거운 짐을 내려놓은 느낌이었다.

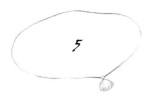

5

혜주와 해변을 걸으며 인아는 사색에 빠졌다. 인어들이 사라지고 나서도, 그 여운이 가시지 않았다. 산책하다 보면 조금 나아질 줄 알았는데 오히려 걱정만 쌓여 갔다. 인어들이 정말 괜찮을까, 인어들을 바다로 보낸 것은 과연 잘한 일일까. 그리고 소장이 주는 의뢰를 어떻게 처리할지, 계속 정연화 행세를 잘할 수 있을지도 고민이었다.

"정연화, 이거 내가 가져도 돼? 너희 집엔 이런 거 많을 거 아냐. 가문 대대로 내려오는."

해변을 벗어나자 혜주가 소라 껍데기를 흔들어 보이며

말했다. 인아는 혜주가 혹시 저 몰래 인어들을 불러내지 않을까, 걱정됐지만 설마 하는 생각으로 고개를 끄덕였다. 무엇보다 혜주가 그것을 몹시 가지고 싶어 한다는 것이 느껴졌기 때문이다.

"너 먼저 기숙사에 가 있어."

묵직한 소라 껍데기를 들고 좋아하는 혜주에게 인아가 말했다. 아직 인아한테는 남모르게 할 일이 남아 있었다.

"왜, 어디 가려고?"

"들릴 곳이 생각났어."

"같이 가 줄게."

"혼자서도 갈 수 있어. 내 걱정은 마."

"그러면 어쩔 수 없고. 나중에 보자."

혜주가 완전히 시야에서 보이지 않음을 확인하고서 인아는 주머니에 손을 넣어 쪽지를 찾았다. 다행히 정체불명의 주소가 적힌 쪽지는 잘 보관되어 있었다. 이 주소로 어떻게 찾아가야 할지 머리를 싸매고 있는데 행인이 지나갔다. 인아는 다짜고짜 그 사람을 붙들고 물었다.

"혹시 여기 어떻게 가는지 아세요?"

*

　인아는 익숙한 거리의 풍경에서 벗어나 오래되고 퀴퀴한 냄새가 풍기는 곳으로 들어갔다. 인아는 한참 전부터 주소가 적힌 쪽지를 보여 주며 어디로 가야 하는지 물을 때마다 상대방이 자신을 불쾌하게 쳐다본다는 것을 느꼈다. 개중엔 그곳을 왜 찾아가는지 묻는 사람도 있었다. 그런 위험한 곳엔 얼씬도 하지 말라고. 지혜주가 입이 마르도록 칭찬하는 유명 인어 사냥꾼 가문 출신 정연화는 이곳에 왜 가려고 했던 걸까.

　'이곳인가?'

　인아가 도착한 곳은 다 무너져 가는 허름한 집이었다. 화려한 저택을 기대한 건 아니었지만 이런 곳일 줄은 상상도 하지 못했다. 인아는 쪽지에 적힌 주소를 몇 번이나 확인했다. 하지만 역시 이곳이 틀림없었다. 인아는 조금 두렵긴 했지만 조심스럽게 노크했다. 인기척이 없었다. 다시 문을 세게 두드리자 낡은 문이 삐걱 소리를 내며 열렸다.

　"안녕하세요……?"

인아는 들릴 듯 말 듯 한 목소리로 인사하며 안으로 들어갔다. 밖에서 볼 때는 거미줄이 잔뜩 쳐 있고 바퀴벌레가 득실거릴 것처럼 보였는데 안은 생각보다 말끔했다. 가구들이 가지런히 놓여 있고, 좋은 냄새도 풍겼다.

　인아는 낯선 집에 혼자 있다는 게 무서웠지만 이곳저곳을 살폈다. 사람은 물론이고 그 어떤 생명체도 보이지 않았다. 특별한 거라곤 큰 어항 하나가 전부였는데, 사냥한 인어를 잠시 보관하는 용도로 쓰였으리라 짐작했다. 인아는 이곳에 아무도 없는 걸 다행으로 여겨야 하는지, 오히려 아쉬워해야 하는지 혼란스러웠다.

　"정연화만의 비밀기지 같은 건가?"

　인아는 집 안을 둘러보다가 흰빛이 새어 나오고 있는 방으로 들어갔다. 아스타의 눈동자처럼 사방이 온통 백색이었다. 그리고 그 옆에는 백색의 방과 대비되는 흑색의 방이 하나 더 있었다.

　"흑과 백. 이 방에 무슨 의미라도 있는 걸까?"

　머릿속이 혼란스러웠다. 인아는 갑자기 몰려드는 피로에 소파에 쓰러지듯 몸을 파묻었다. 오늘 하루만 하더라도 많은 일이 벌어졌다. 소장과의 대화, 바다에 풀어 준 인어들, 그리고 정연화의 비밀 장소일지 모를 이곳.

'그래, 맞아. 어쩌면 소장실에서 찾은 책에 뭔가 도움이 될 만한 정보가 있지 않을까.'

인아는 가방을 풀어 헤쳐 소장실에서 빼내 온 헌 책을 꺼내 들었다. 그리고 망설임 없이 페이지를 넘겼다.

겉보기와 다르게 필기체로 쓰여진 책의 내부는 깔끔했다. 이 책은 소장의 것일까, 정연화의 것일까. 정연화의 신분증으로도 어떻게 그 서랍이 열렸는지 여전히 의문이 풀리지 않았다. 그때 노란 형광펜이 칠해진 문장이 눈에 들어왔다.

　인어, 개중엔 유난히 특별한 것들이 있는데, 그것들은 언제나 향을 뿜어내며 신비로운 하얀색을 띠고 있다.

하얀색? 아스타 같은 하얀 인어를 말하는 건가?

　근래에는 하얀 인어로 위장하는 인어들이 있으므로, 그 차이를 구별할 수 있는 건 향과 선명한 하얀 빛깔이 전부이다.

그래, 향. 이 책이 자신의 궁금증을 전부 해결해 줄지도 모른다는 생각에 인아는 기대에 부풀었다. 아스타에게서 향기를 맡은 건 결코 우연이 아니었다.

그 향은 너무나도 짙어 과거에 맡아 본 적이 있다면, 처음 보는 인어라 할지라도 향을 알아챌 수 있다.

그렇기에 인어들은 자신과 종족의 안전을 위해 평소 그 향을 숨기고 다닌다. 다만 인어의 신임을 받은 인간에겐 향을 숨기지 않는 경우도 있다.

신임? 그렇다면 아스타가 날 믿는다는 걸까?

"더는 관련된 내용이 없는데."

앞뒤 페이지를 뒤적이며 인아가 혼잣말로 중얼거렸다. 그러다가 스테이플러로 찍힌 낱장을 발견했다. 쉽게 보지 못하도록 손을 쓴 게 분명했다. 이미 누가 손 댄 듯 너덜너덜해진 종이를 인아가 억지로 떼어 냈다. 안에 적혀 있는 내용 중 유독 눈에 들어오는 문장이 있었다.

자신에게 향을 드러낸 하얀 인어를 죽인 인간은 천지를 뒤바꿀 힘을 얻는다.

뭔지 몰라도, 정연화가 이걸 알았다면 정말 큰일 같은데.

*

"파란 인어를 잡아 달라는 의뢰야. 지느러미에 그러데이션이 있고 은신을 잘한다니까 유의해야 해. 알았지?"

소장에게 받은 파일을 혜주가 흔들며 말했다. 혜주는 인아의 부탁으로 대신 소장을 만나 의뢰를 받아 왔다.

인아는 인어마다 보유하고 있는 독특한 능력이 궁금해졌다. 지느러미의 그러데이션이 어떤 모습일지 잘 상상이 가지 않았지만 인아는 고개를 끄덕였다. 혜주가 손 인사를 하며 "그럼, 난 간다"라고 말했다. 인아가 그녀의 손목을 다급히 잡았다.

"잠시만, 물어볼 게 있어."

"의뢰에 관한 거라면 내가 아는 건 다 말했어."

"의뢰에 관한 게 아니야. 너 혹시 아스타한테 무슨 무례

한 짓 했어? 신뢰가 깨질 만한 그런 짓."

"내가 그럴 리가……. 처음에 버베나 지느러미를 부적 삼아 갖고 다닌 일 빼곤 없어."

그녀의 말대로 혜주는 첫 만남을 제외하곤 딱히 인어들에게 나쁜 태도를 취하지 않았다. 그 말은 즉, 인어들은 혜주와 인아를 다르게 여기지 않을 거란 의미였다. 그런데 왜 자신은 하얀 인어에게서 향을 맡을 수 있고, 혜주는 향을 맡지 못하는 것일까. 인아는 혜주와 헤어진 뒤 곧장 그 허름한 집으로 발길을 돌렸다.

*

인아는 노을이 질 때까지 조금이라도 도움이 될 만한 정보는 죄다 적어 가며 인어의 비밀이 담긴 책을 정독했다. 흥미로운 이야기들이 잔뜩 적혀 있었다. 하지만 정작 지금 인아에게 필요한 이야기는 발견할 수 없었다. 인아는 지끈거리는 듯한 머리를 손으로 짚었다. 또 뭔가가 숨겨져 있을 텐데. 하지만 지금으로선 책을 뒤져 보는 게 전부였다.

지칠 대로 지친 인아가 책을 탁, 소리 나게 덮고 바닥으로 추욱 몸을 늘어뜨렸다. 기지개를 펴는데 침대 밑에 있는 무언가에 발끝이 닿았다. 인아는 몸을 숙여 그것을 꺼냈다. 노트였다. 분명 이 노트에 아직 찾지 못한 단서가 있을 거라는 생각이 들었다.

빽빽한 글씨가 종잇장에 가득했다. 인아는 첫 장을 펼쳐 봤다. 노트는 다름 아닌 정연화의 일기장이었다. 다른 사람의 일기를 훔쳐본다는 게 껄끄러웠지만 인아는 연화에 대해 알아내야 했다. 지혜주가 모르는 부분도 분명 있을 테니.

이번 거래자가 지껄인 게 있었다. 값어치가 웬만한 것들 이상으로 나가는 인어들이 있다고, 아무 제안이나 수락하고 다닐 바에 자기랑 협업하여 그런 것들을 잡는 게 어떻겠냐고. 생각은 해 보겠다고 답했으나 그쪽에서 제안한 돈의 액수가 적었다. 사정이 좋지 않아 제값을 쳐 주지 못한다며 둘러대길래 그 자리에서 인어를 죽이고 돌아왔다.

가문에서 내려오는 책을 읽고 있었는데 소장님이 그걸 가져갔다. 아직 다 보지 못했는데. 그 책에 분명 하얀 인어 얘기가 있었다. 그 거래자가 말한 값나가는 인어가 하얀 인어일까? 조만간 다시 가져와야지.

하얀 인어를 잡아 달란 의뢰를 개인적으로 받았다. 소장님이 이 일을 알아서는 안 된다. 소장님이라면 하얀 인어를 절대 죽이지 말라고 할 테니까. 그 인어는 금방 잡았지만 거래자에겐 놓쳤다고 한 후 사례비를 돌려주었다. 아깝긴 하지만 곧 더 큰 금액을 얻어 낼 테니까 괜찮다. 인어는 어항에 넣어 뒀다. 처음엔 저항했지만 먹을 것도 주고, 친절히 대하니 금세 내게 호감을 보였다. 이제 신뢰를 얻을 일만 남았다.

인어가 밖으로 나오고 싶어 한 탓에 간이침대를 설치해 그곳에 인어를 두었다. 어느 정도 신뢰가 쌓였다. 그 증거로 책에서 읽은 하얀 인어의 향이 나날이 짙어지고 있다. 어떤 때는 온 집 안을 가득 채울 정도다. 모든 준비가 다 되었다. 천지를 뒤바꿀 힘. 나는 반드시 그 능력을 가질 것이다. 최고의 인어 사냥꾼이 되기 위해서라도.

인아는 일기장에서 하얀 인어와 관련된 부분만 골라 읽었다. 어림잡아 닷새 정도의 일기를 본 것뿐인데 창밖이 어둠으로 뒤덮였다. 바람 때문에 낡은 지붕에서 들리는 달그락 소리가 두려움을 느끼게 했다. 하지만 더 큰 두려움은 생전 처음 경험하는 낯선 세계에 나 홀로 떨어진 것이다. 이 세계에서 죽는 순간, 원래의 세계로 돌아가게 되는 걸까. 갑자기 우울한 기분이 들었다. 일기의 후반부는 온통 검은 잉크와 흑연 가루가 번져 있어 알아보기 힘들었다. 그 페이지들을 넘기고 넘겨 마지막 페이지에 닿았다. 물에 젖은 듯한 자국이 있지만 앞의 페이지들에 비해 말끔했다.

"……!"

그러나 인아는 거기에 적힌 한 줄의 문장을 읽고 두 눈을 믿을 수가 없었다. 온몸에 차가운 얼음 비늘이 돋아난 것처럼 순식간에 몸이 굳어 버렸다. 인아는 손에 들고 있던 일기장을 떨어뜨렸다. 하지만 마지막 페이지에 적힌 문장이 머릿속을 떠나지 않았다.

이제 인어를 죽여야 할 사람은 너야.

*

    시간이 한참 흐른 뒤에야 인아는 겨우 정신을 차렸다. 정연화는 이제 인어를 죽여야 할 사람은 '너'라고 했다. 그렇다는 건 자신이 누군가와 몸이 바뀔 것임을 알고 있었던 것이다. '너'가 뜻하는 건 인아가 분명했다. 정연화는 천지를, 세상을, 세계를 바꿀 힘을 이용해 인아와 고의적으로 몸을 바꾼 것이다. 결코 우연히 벌어진 일이 아니었다.

    하지만 이미 모든 일이 일어난 상황에서 정연화만을 탓하고 있을 수는 없었다. 지금 정연화 몸의 주인은 바로 인아였다. 인아에게는 두 가지의 선택지가 있었다. 하나는 정연화처럼 인어를 죽여 원래의 몸을 되찾는 것. 또 하나는 저항하길 포기하고 정연화의 삶에 적응하는 것. 전자는 인아에겐 너무나도 끔찍하고도 역겨운 행위였고, 후자는 결코 받아들이고 싶지 않았다. 정연화의 성격과 말투를 따라 하며 정연화의 모든 것에 익숙해지면 '정인아'는 사라진다. 그건 스스로를 죽이는 거나 마찬가지였다.

    "지혜주, 혜주에게 도움을 청해야 해."

    인아는 거침없이 현관문을 밀치고 밖으로 나갔다. 그러

나 곧 발걸음을 멈췄다. 그런데 혜주에게 이 일을 어떻게 설명해야 하지. 자신이 정연화가 아니라는 사실을 밝히지 않고는 이 상황을 설명할 방도가 없었다. 이참에 확 밝혀 버려? 잠시 충동이 일었지만 섣불리 판단할 문제가 아니었다.

인아는 다시 방으로 돌아와 널브러진 일기장을 집어 들었다. 볼펜과 연필 자국으로 얼룩진 다른 페이지와 달리 마지막 장만 깨끗한 걸 보면 정연화는 인아가 그 문장을 읽길 바란 듯 보였다. 몸을 어떻게 다시 바꿀 수 있을까? 인아는 자신이 정연화와 가장 가까이 있으면서도, 까마득하게 멀리 떨어져 있는 듯한 기분이었다.

인아는 책을 펼쳤다. 일기장에서 알아낸 내용과 대조하면 무언가를 더 깨닫지 않을까, 하는 생각이 번뜩 들었던 것이다.

'특별한 것들…… 향…… 과거에 맡아 본……. 잠시만.'

그 향은 너무나도 짙어 과거에 맡아본 적이 있다면, 처음 보는 인어라 할지라도 향을 알아챌 수 있다.

그 부분에서 인아의 손가락이 멈췄다. 이제야 확실해졌다. 왜 자신이 아스타의 신뢰를 얻지 않고도 향을 맡을 수 있었는지.

'정연화가 이미 이전에 하얀 인어의 향을 맡은 적이 있기 때문이구나.'

애초에 몸을 바꿀 수 있었던 것도 정연화가 자신을 믿었던 인어를 죽였기 때문이었다. 그러했기에 처음부터 아스타의 향도 맡을 수 있었던 것이다.

인아는 새삼스럽게 집 안을 둘러봤다. 정연화가 다름 아닌 이곳에서 하얀 인어를 죽였으리라는 걸 짐작할 수 있었다. 일기를 읽기 전과 지금, 연화에게서 느껴지는 감정은 달랐다. 인아는 연화가 될 수 없었다. 자신의 욕망을 이루기 위해 무자비하게 인어를 죽이는 인어 사냥꾼이 될 수 없었다.

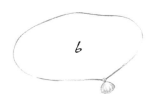

6

다음 날은 온종일 하늘에서 비가 쏟아졌다. 많은 일을 겪었으므로 잠시 휴식을 취하라는 뜻일까, 하고 생각하며 인아는 창문을 열었다. 답답했던 숨이 조금 트이는 것 같았다. 인아는 얼굴에 튀는 빗방울을 손으로 닦아 냈다. 곧이어 핸드폰이 울렸다. 메시지의 발신자는 혜주였다.

　─정연화! 파란 인어 잡으러 갈 거냐? 비가 와서 힘들 테지만 우리한테 그게 무슨 문제겠어? 네가 잡으려고 하면 잡는 거지!! 답장 남겨 줘^^

―당연히 가야지.

―알겠어! 우선 그 전에 아스타랑 잠깐 만나도 괜찮지?!

―응. 무슨 일 때문인데?

―걔네한테 할 얘기가 있거든~! 그리고 소라 껍데기 성능
도 시험해 봐야지!

혜주의 메시지는 그것으로 끝이었다. 비는 그칠 것 같
지 않았다. 빗물에 씻겨 내려 공기는 깨끗해졌으나 문제
는 먹구름이었다. 하늘을 가득 메운 채, 영영 사라질 기미
가 보이지 않았다.

"왜 이렇게 하얘진 것 같지?"

화장실로 들어선 인아가 거울 속에 비친 정연화의 얼굴
을 뚫어져라 바라봤다. 착각인가 싶었으나, 확실히 피부
가 어제보다 밝아진 것 같았다. 인아는 의아했지만 서둘
러 나갈 준비를 했다.

해변에 도착하자 저만치 혜주가 보였다. 혜주처럼 큰 키는 못 보고 지나치기가 힘들었다. 혜주는 인아를 발견하자마자 손을 흔들었다. 인아도 마주 손을 흔들다가 거두고 걱정스러운 듯 입을 열었다.

"아스타와 버베나가 정말 올까?"

"와야지. 누가 부르는 건데."

"소라 껍데기는 네가 불래?"

"음…… 아니."

"웬일이래? 재밌어 보이는 건 제일 먼저 하려고 할 줄 알았는데."

가방을 뒤적여 소라 껍데기를 찾아 꺼낸 뒤 고개를 들었다. 그런데 바로 곁에 있던 혜주가 보이지 않았다. 인아는 어리둥절한 채 혜주를 찾아 주위를 둘러보다가 나팔을 불 듯 소라 껍데기에 숨을 불어넣었다. 작지만 깊이 있는 울림이 분위기를 신비스럽게 만들었다. 곧이어 혜주가 해변 저편에서 달려왔다.

"뭐야. 갑자기 어디 갔다 온 거야?"

"미안, 아까 저쪽에 뭘 떨어뜨린 것 같아서."

"그나저나 이 소라 껍데기를 실전에 사용한 건 이번이

처음이네. 안 그래?”

그때 버베나가 바닷속에서 나타났다. 인아는 곧장 버베나에게로 달려갔다.

“잘 지냈어? 이제 다리도 거의 나은 것 같네!”

“응, 그럭저럭 잘 낫고 있어. 그런데 왜 불렀어?”

버베나가 인아의 어깨 너머로 혜주를 힐끔 흘겨봤다. 혜주도 입을 열었다.

“아스타는 지금 어디 있어?”

“오고 있는 중이야. 조금만 기다리면…… 저기 보이네.”

버베나가 손가락으로 가리킨 쪽에서 흰빛을 띠는 무언가가 수면 위로 떴다가 가라앉기를 반복했다. 버베나가 시선을 내리깔더니 불안한 듯 입술을 손가락으로 매만졌다.

“요즘 아스타를 노리는 사냥꾼들이 많아진 것 같아. 다들 실력이 형편없어서 다행이긴 하지만…….”

“그래? 하긴 요즘 미신 같은 뒤숭숭한 얘기가 퍼졌더라고. 정연화, 다른 인어 사냥꾼이 없는지 주위를 경계해 줘!”

평소와 다른 혜주의 명령조 말투에 인아는 잠시 고민하다가 알겠다고 대답했다. 아스타가 육지에 도착할 때까지 기다렸다가 빨리 만나고 싶었지만, 인어들의 안전을 살피는 게 먼저일 것 같았다. 인아는 멀리 떨어진 곳으로 가서 주위를 살폈다. 경계를 어떻게 해야 하는지 잘 알지 못했지만 최대한 모든 신경을 곤두세우려 애썼다.

"아무것도 안 보여."

혜주가 무슨 말을 하는 듯한데 거리가 멀어 입 모양을 읽어 내기가 어려웠다. 그때 혜주가 인아를 향해 손을 흔들었다.

"더 멀리 가라는 뜻인가?"

인아는 해변이 내려다보이는 언덕에 도달해서 키 큰 활엽수 아래 섰다. 낯선 세계에 와 있다는 것이 믿기지 않을 만큼 모든 것이 평화로웠다. 인아는 잔잔한 파도를 바라보다 이상한 물체 하나를 발견했다.

"파란 인어인가?"

파란 인어의 그러데이션 된 지느러미가 바다색과 비슷해서 눈여겨보지 않았다면 지나칠 뻔했다. 여기서 잡으면 인어도 다치지 않을 테니 좋은 기회였다. 반강제로 떠안게 된 의뢰지만 또 실패한다면 소장은 포기하지 않고 계속 새로운 의뢰를 강요할 것이 불 보듯 뻔했다. 이번 의뢰를 성공한 뒤 인아는 더 이상 의뢰를 받지 않겠다고 당당하게 주장할 계획이었다.

인아는 서둘러 그물망을 꺼냈다. 작살을 사용하는 건 절대 용납할 수 없는 일이었다. 최대한 인어가 다치지 않게, 무사히 포획하고 싶었다. 하지만 다급한 마음을 손이 따라주지 않았다. 엉킨 그물망이 제대로 펼쳐지지 않았다. 인아는 어디서 그런 용기가 샘솟았는지 그물망을 그대로 손에 움켜쥔 채 언덕 아래로, 인어를 향해 몸을 날렸다.

바다에 잠겨 숨을 참는 데 한계를 느끼면서도, 인아는 필사적으로 파란 인어를 찾았다. 절박함이 더해지자 헤엄치는 속도가 점점 빨라졌다. 그러나 파란 인어는 온데간데 없었다. 분명 언덕 위에서 파란 인어를 봤는데 말이다.

인아는 더는 숨을 참을 수 없어 물 밖으로 얼굴을 내밀었다. 물을 먹은 탓에 귀와 코가 먹먹했다. 그때 해변에 있던 혜주와 버베나, 아스타가 인아를 발견하곤 다급히 물속으로 뛰어드는 모습이 보였다. 인아는 헤엄쳐서 그쪽으로 가려고 했지만 언덕에서 뛰어내릴 때의 충격 때문인지 다리가 잘 움직이지 않았다. 자꾸만 물속으로 잠기려 해서 팔을 휘저으며 몸부림쳤다. 주위에 포말이 일어 앞이 잘 보이지 않았다.

먼저 인아에게 도착한 건 버베나였다. 인아는 연이어 도착한 혜주와 아스타의 도움을 받아 뭍으로 나왔다. 콜록거리며 물을 뱉어 내는 와중에도 충격에서 벗어나지 못했다. 물속을 허우적거리면서도 눈으로는 파란 인어를 찾고 있을 때, 예상치 못한 인어를 목격했던 것이다. 비웃는 듯한 미소를 머금은, 빨간 인어를 말이다. 혜주가 인아의 어깨를 흔들며 떨리는 목소리로 말했다.

"너 괜찮은 거야?"

아스타가 인아의 뺨에 손을 대고 말했다.

"안색이 안 좋아요. 물을 많이 먹었나 봐요."

"괜찮아. 그냥 놀라서 그래."

인아가 그렇게 말하며 몸을 일으키자 모두가 안도의 한숨을 내쉬었다. 버베나는 의심의 눈초리로 인아를 바라보며 모두가 궁금해할 질문을 던졌다.

"도대체 왜 그런 거야?"

"인어를 봤어. 파란 인어였는데……."

"뭐야, 인어를 잡으려고 다짜고짜 바다에 뛰어든 거였어?"

혜주는 평소라면 연화가 절대로 하지 않았을 무모한 행동이 이해되지 않는다는 듯 고개를 갸웃하면서도, 그래도 크게 다치지 않아 다행이라고 위로했다. 가만히 이야기를 듣고 있던 아스타가 말했다.

"더 할 말이 있으신 것 같은데요."

"분명 파란 인어가 있는 걸 보고 바다에 뛰어들었는데, 파란 인어는 사라지고 대신 바위 위에 서 있는 빨간 인어를 발견했어."

인아가 이야기하자 혜주는 아, 하고 탄성을 지르고는 말했다.

"환각이네! 빨간 인어가 환각을 부린 거야."

"그런 거라면 말이 되네요."

아스타가 혜주의 의견에 동조했다. 인아는 하얀 인어나 파란 인어처럼, 빨간 인어에게도 환각이라는 신비한 능력이 있다는 사실을 새로이 알게 되었다.

"우리가 이쪽 바다에서 빨간 인어를 본 적이 있었나?"

버베나가 아스타에게 물었다.

"아니."

아스타가 단호히 고개를 젓자 희고 아름다운 긴 머리카

락이 흔들렸다. 버베나는 곰곰이 생각에 잠겼다. 혜주도 그 곁에서 무언가를 생각하는 듯하더니 혼잣말처럼 중얼거렸다.

"빨간 인어가 이쪽에서도 나타날 줄이야."

곧이어 혜주가 이야기한 바로는 아스타와 버베나를 풀어 준 이쪽 바다는 대체로 사람과 인어 모두 접근이 적은 외진 곳이었다. 이전부터 빨간 인어가 등장했다면 인어와 인어 사냥꾼들이 모를 리가 없었다.

"당신들이 오는 순간에 맞춰 의도적으로 나타났던 걸지도 모르지."

버베나가 인아와 혜주를 가리키며 말했다. 인아는 등골이 오싹해졌다. 우리를 관찰하기라도 했다는 건가. 그런 인아와 달리 혜주는 이해하기 어렵다는 듯 인상을 찌푸렸다.

"대체 목적이 뭔데? 정연화를 죽일 의도였다면 직접 공격하는 편이 나았을 텐데."

인아는 혜주의 말이 와닿지 않았다. 짧은 순간 스친 것이었지만 빨간 인어의 눈빛은 누군가를 죽이고 싶어 하는 느낌은 아니었다. 그냥 관심을 끌기 위한 장난 정도로 느

꺼졌다.

"어쩌면 무언가를 드러내려는 목적일 수도 있어요. 혹시 빨간 인어 관련해서 어떤 일이 있으셨어요?"

"아니, 그런 거 없는……."

아스타의 물음에 대답하던 도중 인아의 머릿속에 무언가 퍼뜩 생각났다. 현재 떠올릴 수 있는 빨간 인어에 관한 단서는 두 가지였다. 하나는 이곳으로 오는 도중 소장이 메시지로 보냈던 빨간 인어를 잡아 오라는 새로운 의뢰. 또 다른 하나는……. 인아는 우선 이 상황을 진정시켜야겠다고 생각했다.

"난 괜찮으니까 이제 돌아가자. 아스타랑 버베나한테 용건은 끝난 거 아니야?"

"응. 참, 혹시 모르니까 빨간 인어를 본 장소로 다시 가 보자."

혜주가 인아를 앞세우고는 뒤를 돌아보며 인어들에게 신신당부했다.

"너희도 몸 조심해. 그리고 빨간 인어 말고도 다른 낯선 인어를 발견하면 의심 갈 만한 행동을 하진 않는지 잘 살피고."

아스타와 버베나가 고개를 끄덕였다. 인아는 평소와 다르게 리더십을 발휘하는 혜주의 모습이 뭔가 조금 의심스러웠다.

"이제 말해. 빨간 인어는 네가 더 잘 알지 않아?"

앞서가던 혜주가 걸음을 멈췄다. 그러고는 천천히 인아를 돌아봤다.

"그게 무슨 말이야?"

흔들림 없이 올곧은 시선. 빨간 인어와 연관된 마지막 단서는 바로 혜주였다.

"네가 나 몰래 인어 잡으러 밤늦게 호수에 간 날, 그때 빨간 머리를 하고 있는 누군가와 얘기하고 있었잖아. 그게 빨간 인어 아니야?"

"기억 안 나는데. 네가 착각한 거겠지."

"어떻게 그런 걸 착각해."

불신과 의심은 결이 다른 단어였다. 이 상황에 더 어울리는 것은 후자였다. 인아는 혜주를 신뢰하지만, 한편으로는 분명히 의심스러웠다. 혜주는 갑자기 생각났다는 듯 손뼉을 쳤다.

"아, 어쩌면 그것도 빨간 인어가 너한테 환각을 쓴 게 아닐까?"

"그래? 그때도 빨간 인어가 날 지켜보고 있었다고?"

"나야 모르지. 그래도 장담하는 건 아무 인어나 우리 주변을 맴돌지는 못해. 당장에라도 들켜서 사냥당할까 봐."

혜주가 이렇게 아니라고 발뺌한다면, 직접 확인하는 방법밖엔 없었다. 인아는 핸드폰을 꺼내 소장에게 메시지를 보냈다.

　—빨간 인어 의뢰 받을게요. 빨간 인어에 대해서 자세히 알려 주세요.

혜주가 메시지 내용을 보려는 듯 슬그머니 고개를 내밀었다. 반사적으로 인아는 몸을 움츠렸다.

"사생활 침해 모르니?"

"뭘 그렇게 소스라치게 놀라. 소장님한테 보내는 거잖아. 새로운 의뢰야?"

"아무것도 아니야."

인아는 메시지가 전송되었음을 확인하곤 서둘러 화면을 껐다. 혜주는 별로 궁금하지 않았다는 듯 심드렁한 말투로 인아에게 물었다.

"그래서 빨간 인어는 어디서 봤는데?"

"저쪽 낡은 선박 근처에서."

낡은 선박이 있는 곳으로 곧장 달려가 그 주변을 조사했다.

"특별한 건 안 보여. 네 감으로는 어때?"

"비린내는 바다 때문일 테고, 딱히 이상한 건 모르겠는데……."

인아가 익숙지 않은 단발을 끌어모아 질끈 묶으며 말했다. 옆으로 왼발을 내딛자 바닥을 이루던 모래가 순식간에 아래로 꺼져 내려갔다. 그 순간, 정연화의 몸이 지니고 있는 뛰어난 순발력이 한몫했다. 인아는 균형을 잃고 넘어지려던 몸을 두 다리를 벌려 간신히 지탱했다. 순식간에 벌어진 일이었다. 어정쩡한 자세로 버티던 인아를 혜주가 달려와 일으켜 세웠다. 인아는 손바닥에 가벼운 찰과상을 입었다. 상처 난 부분이 아렸다.

"정말 괜찮은 거야? 난데없이 넘어진 걸 보면……."

"모래가 아니었어. 이건 대체 뭐지?"

인아는 제 신발 밑창과 움푹 파인 구멍을 살펴봤다. 반투명하고 미세하게 반짝이는 비늘이 사방에 깔려 있었다. 파도에 떠밀려 온 물고기의 사체에서 떨어진 비늘이 모래와 섞이는 건 결코 기이한 현상은 아니었다. 그러나 그 비늘의 양이 어마어마하게 많다면, 이야기가 달랐다.

"이렇게 많은 비늘, 어디서 또 본 적 있어?"

"지느러미가 다리로 바뀌면서 이런 증상이 나타나는 인어들도 있어."

"아스타랑 버베나가 두 다리로 일어설 땐 비늘 같은 거 떨어지지 않았잖아."

"일종의 질병 같은 거야, 불치병."

"그럼, 빨간 인어가 불치병을 앓기라도 한다는 건가?"

그 질문에 혜주는 어깨를 으쓱하고는 더 이상 답하지 않았다. 인아는 팔뚝에 묻은 비늘들을 떼어 냈다. 은은한 붉은빛. 분명 눈에 익었다. 잠시만…… 많은 양이 모두 한 인어한테서 나오는 게 가능하다고? 그때도 이런 게 있었는데. 그러면 그때 내가 본 혜주와 있던 빨간 인어도 환각이 아니었던 거잖아. 인아는 조용히 입을 다물고 혜주를 유심히 봤다. 인아에게 건네받은 비늘을 혜주는 신기한 듯 감상했다. 젖은 옷을 입고 있던 인아는 날이 저물자 추위를 견디기가 힘들었다.

"오늘은 그만 돌아갈까?"

혜주가 제안했다. 인아 역시 더 이상은 시간 낭비일 거란 생각이 들었다. 해가 저물며 해변이 어둠에 잠기기 시작했다.

"그래, 돌아가자. 내일 다시 찾으면 되지."

두 사람은 곧 해변을 벗어나 양성소 쪽을 향해 걸었다.

"먼저 들어가."

"그 말 할 줄 알았어. 이번엔 왜?"

마땅한 변명거리를 찾지 못한 인아가 침묵했다.

"너 나 빼고 누구랑 무슨 일 꾸미냐?"

"그런 건 아니고. 잠깐 들를 데가 있어서 그래."

"그렇게 말해 놓고 요즘 기숙사에도 잘 들어오지 않잖아. 네가 뭘 하든 간에 나도 끼워 주면 안 돼?"

"정말 아무것도 안 한다니깐."

"그래, 좋아. 갔다 와."

혜주의 얼굴에는 여전히 수많은 물음표가 달린 것 같았지만, 다행히 더 이상은 묻지 않았다. 인아는 혜주가 멀어진 것을 확인한 다음, 이제는 자신의 아지트가 된 연화의 비밀 장소로 향했다.

시간을 확인하기 위해 꺼내 든 핸드폰에 메시지가 와 있었다.

　—빨간 인어를 죽여 줘서 고마워, 연화야. 역시 믿고 있었
어.

보낸 이는 소장이었다. 그런데 빨간 인어를 죽이다니? 인아는 인어를 해치지 않겠다는 제 신념을 뒤흔들 만한 짓은 그 무엇도 하지 않았다. 파란 인어를 찾는 과정에서 빨간 인어가 갑자기 나타나 혼란스러웠지만, 결코 그를 죽이진 않았다.

　—무슨 말씀이세요? 전 그런 적 없어요.

　—아직도 나한테 화났니? 훌륭하게 일을 잘 처리하고 왜 아닌 척을 해.

―다시 확인해 보세요. 죽은 게 아닐 거예요. 저는 인어를 죽이지 않았어요.

　그렇게 보내고 나서 잠깐의 정적이 찾아왔다. 인아는 손톱을 물어뜯으며 애타게 핸드폰 화면을 들여다봤다.

　　―아니, 그 인어는 죽었어.

　인아는 메시지의 내용이 도무지 믿기지가 않았다. 누가 연화로 위장해서 인어를 죽인 건가? 의심이 확신으로 변할 때쯤, 인아는 황급히 걸음을 멈췄다. 여기가 어디지? 여전히 해변을 걷고 있었지만 처음 보는 풍경이었다. 인아는 자신이 길을 잃었다고 생각하고 다급히 모래사장을 벗어났다.
　띠링.
　메시지 도착을 알리는 알림 소리가 들렸지만, 지금은 길을 찾는 것이 우선이었다. 인아는 주위를 둘러보다 멀리 낯익은 건물을 발견했다. 그건 바로 정연화의 비밀 장소였다. 분명 이 길이 아니었는데, 갑자기 이 집이 어떻게 눈앞에 나타났는지 알 수 없었다. 인아는 여전히 혼란스러웠지만 건물 안으로 들어갔다. 자신에게 연달아 일어난 기이한 일들이 믿기지 않게 내부는 평화로웠다.

그제야 인아는 미처 확인하지 못했던 메시지를 열어봤다.

─어쨌든 이번 일로 연화의 실력이 더 향상되었다는 걸 나한테 증명해 보였으니, 난 그걸로 충분히 만족해.

인아는 자신을 압박해 오는 소장 때문에 가슴이 답답했다. 이제 소장은 빨간 인어를 잡을 만큼 연화의 실력이 출중해졌다고 느낄 테니, 더 많은 의뢰를 해 올지도 모른다. 더 이상의 의뢰는 절대로 받고 싶지 않다고 소장에게 답장을 보내려는데, 물살이 출렁이는 소리가 들렸다. 인아는 소리가 난 쪽으로 천천히 고개를 돌렸다.

"이제야 도착했어?"

빨간 인어였다.

*

빨간 인어가 환각을 부리는 능력을 가지고 있다는 혜주의 말은 사실이었다. 연화의 비밀 장소에 있는 커다란 어항에서 헤엄치던 빨간 인어와 마주하자 건물 전체가 녹아내리듯 사라지고 어느새 다시 바다로 변했다. 인아가 파란 인어를 잡으려다 물에 빠진 바로 그곳이었다. 빨간 인어와 처음 마주친 곳.

빨간 인어는 어항이 아닌 바다 한가운데를 자유롭게 헤엄쳤다. 그 평화로운 모습이 기괴하게 느껴졌다. 빨간 인어는 인아를 향해 미끄러지듯 자연스럽게 다가왔다.

"소장이 네가 잡았다고 생각하는 빨간 인어는 사실 다른 인어야. 그 정도 속이는 건 아주 쉬운 일이지."

"언제부터였어?"

"뻔하잖아. 네 앞에 예상치 못했던 일들이 벌어진 그 순간부터지."

무슨 말인지 되새길 필요조차 없었다. 인아가 파란 인어를 발견한 것부터 빨간 인어를 죽였다는 소장의 오해까지 모두 빨간 인어가 벌인 짓이 틀림없었다. 정연화를 사칭하며 인어를 죽이고 다니는 사람이 없다는 것은 다행이었지만, 그렇다고 빨간 인어의 농락이 용서되는 것은 아니었다.

"너 요즘 감이 많이 떨어졌더라. 파란 인어 환각은 많이 허술했는데 전혀 눈치 못 채고."

빨간 인어의 웃음소리는 독특한 주파수를 가지고 있었다. 돌고래의 울음소리처럼 아주 멀리까지 닿을 수 있을 것 같았다. 인아는 정연화와 빨간 인어가 만난 것이 어쩌면 이번이 처음은 아닐지도 모른다고 생각했다.

"그나저나 날 부른 이유가 뭐야?"

인아는 자신이 정연화가 아니라는 사실을 빨간 인어에게 들키지 않기 위해 당황하지 않은 척하며 물었다.

"이유랄 게 뭐 있겠어. 오랜만에 네 얼굴이 보고 싶었거든."

"거짓말."

인아는 마른침을 삼켰다. 빨간 인어의 얼굴은 순수한 느낌의 아스타와 달리 강렬하고 화려했다. 커다란 눈에는 풍성한 속눈썹이 달려 있었고, 눈동자는 루비처럼 진홍색을 띠고 있었다. 말할 때마다 습관처럼 혀끝으로 핥는 뾰족한

송곳니가 빨간 인어의 인상을 강렬하게 보이게 했지만, 더 위협적으로 느껴지는 건 뺨에 있는 커다란 흉터였다.

"원하는 건 딱 하나야."

"그게 뭔데?"

"내가 하얀 인어를 잡는 걸 방해하지 마."

화가 난 인아가 당장 빨간 인어를 향해 달려들 듯 물었다.

"그러니까, 네가 인어를 잡겠다고?"

"사람도 사람을 죽이는데, 인어라고 못 할 것 없지. 그리고 난 죽이려는 게 아니라 잠깐 이야기할 시간을 벌려는 거야."

"왜?"

"너랑 하얀 인어가 이야기하는 걸 봤어. 그저 나도 친해지고 싶을 뿐이야. 그게 다야."

거짓말. 도무지 믿을 수 없는 이야기였다. 빨간 인어에겐 분명 숨겨진 속내가 있을 것이라고 인아는 생각했다. 특히나 그 표적이 하얀 인어인 아스타라면 더더욱 심상치 않았다. 당장이라도 빨간 인어의 날카로운 손톱이 아스타를 다치게 할 것 같았다. 인아는 절대 빨간 인어가 아스타 곁에 다가가지 못하도록 해야겠다고 속으로 다짐했다.

"내가 그걸 허락할 것 같아?"

"아니, 내가 그렇게 만들 거야."

"어떻게 그렇게 자신할 수 있지?"

"너같이 원하는 바가 뚜렷한 사람은 내 뜻대로 하기 정말 쉽거든."

"무슨 얘길 하는 거야?"

"네가 파란 인어를 찾고 있다는 이야기를 들었어. 내가 찾아 줄게."

인아는 지나치게 당당한 빨간 인어의 태도에 오히려 자신이 간파당한 느낌이었다. 최대한 침착하게 대처하고 싶었지만 흔들리는 시선만큼은 감출 수가 없었다.

"잘못 짚었어. 하얀 인어를 넘겨줄 정도는 아니거든."

"그러면 이건 어때?"

빨간 인어의 손톱이 향한 곳은 바로 그녀 자신이었다. 날카로운 손톱에 스치기만 해도 피가 솟구칠 것 같았다.

"날 잡아가."

"뭐라고?"

"내가 널 도와줄게, 시종처럼. 인어를 잡을 미끼로는 인어가 제격이지."

지혜주도 똑같은 말을 한 적이 있었다. 아마도 혜주였다면 이 말에 넘어갔을지도 모르지.

"왜 그렇게 하얀 인어를 잡고 싶어 하는 건데?"

"그렇게 궁금하면 하얀 인어를 잡고 나서 말해 줄게."

왠지 이대로 가만히 있다가는 아스타가 위험에 처할 것 같았다. 인아는 겉으로는 협조하는 척하면서, 절대로 빨간 인어가 아스타를 찾을 수 없도록 해야겠다고 생각했다.

"그럼, 내가 도울게. 하얀 인어를 잡은 경험도 있고 말이야."

"네가 하얀 인어를 잡았다고?"

"왜 모르는 척하실까."

일기장엔 분명 정연화가 하얀 인어를 잡았다고 나와 있었다. 그 일에 빨간 인어가 연루되어 있는 게 확실했다.

"하얀 인어만 만나게 해 주면 내가 하는 질문들에 다 답해 줄 수 있어?"

"물론이야."

빨간 인어의 얼굴에 만족스러운 표정이 번졌다. 어쩌면 이번이 모든 비밀을 밝힐 수 있는 기회일지도 모른다는 생각이 들었다. 연화가 죽인 하얀 인어와 얽힌 사건, 그리고 연화와 자신의 몸이 어떻게 뒤바뀌게 되었는지. 한편으로는 마음속에 찝찝함이 응어리졌지만 어쩔 수 없는 선택이었다.

"좋아, 기대해 볼게. 너한테는 소라 껍데기도 있으니 말이야."

역시나 빨간 인어는 소라 껍데기에 대해서까지도 모두 알고 있었다. 인아가 저도 모르게 미간을 찌푸리자 빨간 인어는 기분 나쁜 웃음을 지었다. 그 모습이 보고 싶지 않아 시선을 아주 잠깐 다른 곳으로 돌리자, 어느새 눈앞에서 환각이 사라졌다. 연화의 비밀 장소에 홀로 남겨져 있었다.

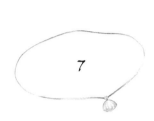

7

"장담해. 파란 인어를 찾는 건 어려울 거야. 워낙에 은신을 잘하는 인어니까."

"노력하는 수밖에 없지, 뭐."

"정연화, 너만 믿는다!"

인아는 사실 혜주가 자신보다 훨씬 인어 사냥에 능숙하다는 걸 꿈에도 알지 못할 것이라고 생각하니 괜히 미안한 마음이 들었다. 인아와 혜주는 녹슬고 부서진 울타리를 넘어 험한 길로 들어섰다. 해안으로 향하는 모래에는 자갈과 유리 조각이 무분별하게 섞여 있었다.

"이거 다~ 멍청한 애들이 인어 잡겠다고 뿌려 놓은 거잖아. 참 어떨 때 보면 인어보다 인간이 더 징그럽다니까."

"인어들은 어차피 바다를 통해서 움직이면 될 텐데."

"그러니까 '멍청한' 애들이라고."

유리 조각투성이인 모래가 깔린 해안에 사람이 여럿 무리 지어 있었다. 그들 역시 인어 사냥꾼인 것 같았다.

"비도 오는데 왜 이렇게 사람이 많지?"

"당연히 비가 와야 인어를 볼 확률이 높으니까."

인아는 비 오는 날 인어가 더 자주 출몰한다는 또 하나의 사실을 알게 되었다.

"우린 저쪽으로 가자."

혜주가 가리킨 곳은 해안에 비해 비교적 인적이 드문 샛길이었다. 길옆으로 바다와 통하는 강이 흐르고 있었다. 강폭이 좁긴 하지만 인어들이 몸을 숨기기에는 충분했다.

"파란 인어가 숨기에 이만한 장소가 없지. 인어가 있나 먼저 살펴보고 올게."

혜주는 그렇게 말하고는 샛길을 따라 달리기 시작했다.

혼자 남은 인아는 길 한쪽에 쭈그려 앉았다. 피로가 누적된 탓인지 갑자기 몸이 무겁게 느껴지고, 근육들이 뻣뻣하게 굳어 가는 느낌이었다. 인아는 한숨 돌리다가 손을 내려다봤다. 지나치게 하얘 보였다. 인아는 그 새하얀 피부를 보고 싶지 않아 소매 끝을 잡아끌었다. 원래 정연화의 피부가 이렇게 하얬던가. 자꾸만 불길한 느낌이 들었다.

그때 인아는 손에 들고 있던 작살을 고쳐 잡다가 갑작스러운 통증에 손을 뗐다. 작살이 바닥에 나뒹굴었다. 작살 끝을 살펴보니 손잡이 부분이 평소와 다르게 벌어져 있었다. 반쯤 벌어진 손잡이를 완전히 빼자 웬 팔찌가 그 안에서 떨어졌다.

"이게 왜 여기에……."

인아는 팔찌를 손목에 찼다. 숨이 탁 트이는 듯한 기분이 들었다. 이 팔찌는 인아가 아직 원래의 세계를 기억하고 있다는 유일한 증거였다. 인아는 어째서 정연화가 자신의 것과 같은 문양의 물건을 지니고 있는지 궁금했다.

그때 갑자기 인기척이 느껴져 돌아보니 혜주였다.

"왔어?"

빗소리에 묻혀 들리지 않는지 혜주는 대답이 없었다.

인아가 다시 입을 열려는 순간 혜주가 바다 쪽으로 달려갔다. 인아는 혜주가 저만치 멀어지고 나서야 그녀의 손에 들려 있는 게 작살임을 깨달았다. 평소와 다른 혜주의 태도가 석연치 않았다.

*

거세게 쏟아지는 빗방울이 수면을 어지럽게 만들었다. 하지만 혜주는 아랑곳하지 않고 인어들을 향해 거침없이 작살을 던졌다. 혜주는 장막처럼 드리워진 빗줄기 아래에서 광포하게 날뛰었다.

"야, 지혜주. 너 대체 뭐 하는 짓이야? 정신 차려!"

인아가 혜주를 막아서려는 그때, 물속에서 모습을 드러낸 진홍색 눈동자가 보였다. 빨간 인어였다. 어느새 가까이 다가온 빨간 인어가 자신의 검지를 인아의 입술 위로 갖다 댔다. 조용히 하라는 의미였다.

"혜주를 말려야 해. 지금 쟤가 인어들을……."

"저게 '진짜'라고 생각해?"

"설마……. 진짜 지혜주는 어디 있어?"

"무사하니까 걱정하지 마. 난 너희를 도와주러 온 거야."

인아가 어깨에 메고 있던 작살이 어느새 빨간 인어의 손에 들려 있었다.

"혜주랑 내가 충분히 알아서 할 수 있어. 네 도움 따위 필요 없다고."

"그래?"

빨간 인어가 방심한 틈을 타 인아는 작살을 도로 빼앗으려 했다. 그러나 빨간 인어의 힘은 엄청났다. 빨간 인어는 조소하며 인아를 내려다봤다. 인아는 인어를 좋아했다. 어릴 적부터 항상 인어를 그리워했고, 숭상하다시피 해 왔다. 그렇지만 빨간 인어는 유일한 예외였다.

"네가 하얀 인어를 죽이고 싶어 한단 걸 알아. 이번에도 네 손으로 죽이게?"

빨간 인어는 연화가 하얀 인어를 죽인 것을 알고 있는 게 분명했다. 어쩌면 빨간 인어와 연화의 관계가 생각보다 더 깊을지도 모른다고 인아는 생각했다. 정연화가 대놓고 위험을 드러내는 날 선 칼이라면, 빨간 인어는 언제 터질지 모르는 폭탄 같았다. 상대가 어떤 상황에 처해 있든, 그저 스스로가 원할 때 안전핀을 뽑아 버리는 폭탄.

인아가 대답하려는 순간, 빨간 인어가 어딘가를 향해 작살을 던졌다. 작살이 허공을 가르며 날아간 뒤, 대기를 찢는 듯한 비명이 들렸다. 인아가 그 소리의 진원지를 찾아 고개를 돌렸다. 파란 인어가 뭍에 쓰러져 있었다. 파란 인어의 몸은 절반 정도가 투명하게 보였고, 팔에 작살이 꽂힌 채였다.

곧이어 천둥소리와 함께 빨간 인어가 사라졌다. 작살은 어느새 인아의 손으로 되돌아와 있었다. 인아는 그것을 내던지고 파란 인어에게 달려갔다. 투명했던 파란 인어의 몸이 서서히 원래 모습으로 돌아오고 있었다.

"정연화!"

그제야 진짜 혜주가 나타났다. 혜주는 인아에게 다가와 파란 인어의 피로 물든 인아의 손을 내려다봤다. 인아는 그 자리에 굳어서, 혜주에게 인어를 도와 달라는 애원의 말조차 내뱉지 못했다. 그런 인아의 마음을 알 리 없는 혜주는 기쁘다는 듯이 인아를 안으며 말했다.

"넌 진짜 대단해! 그사이에 파란 인어를 어떻게 혼자서 잡은 거야?"

*

   빨간 인어가 작살을 쏘아 잡은 파란 인어는 소장이 의
뢰한 그러데이션 인어였다. 인아는 쉽게 마음을 진정시킬
수 없었다. 혜주는 여전히 넋이 나가 있는 인아를 기숙사
로 데려갔다. 혜주가 건넨 물 한잔을 마시고 나서야 인아
는 정신이 조금 깨어났다. 그녀는 인어 포획용 특수 봉투
에 담겨 잠들어 있는 파란 인어를 바라봤다. 금붕어처럼
물이 든 봉투에 담겨 꼼짝없이 잡힌 신세라니. 인아는 한
숨을 쉬고 자초지종을 설명했다. 빨간 인어가 환각을 부
려 제 작살을 가져가 파란 인어를 쏘았다는 사실을. 이야
기를 들을수록 혜주는 눈살을 찌푸렸다.

   "그럼, 네가 봤다는 나는 다 환각이었던 거네. 천둥이
치자마자 원래 상태로 돌아왔고."

   "그런데 걸리는 게 있어. 그때 파란 인어의 눈이……."

   인아는 다시는 떠올리기 싫은 기억을 되짚었다. 파란
인어는 의식을 잃어 가면서도 누군가를 두려워하는 눈빛
이었다. 그 누군가는 바로 혜주였다. 혜주가 돌아왔을 때,
파란 인어의 연한 하늘빛 눈동자는 분명 혜주를 보고 있

었다. 자신을 쏘았다고 오해할 수 있는 인아를 봤을 때보다, 지혜주를 발견하자마자 눈동자가 두려움으로 떨렸다.

"네가 인어를 죽이는 환각이라도 본 걸까?"

인아가 그렇게 결론을 내리자, 혜주는 움찔하며 긴장하는 듯 보였다.

환각을 통해 인어들까지도 속일 수 있다면 빨간 인어는 인어를 사냥하는 데 유리할 것이 분명했다. 정연화가 왜 빨간 인어에게 도움을 받았는지 이해가 갔다.

"빨간 인어가 널 도와줬구나."

"도와준 게 아니래도."

"찝찝하긴 해도 인정은 해야 해. 빨간 인어가 없었으면 우린 파란 인어도 못 잡고 그냥 돌아갔을걸?"

혜주의 주장도 일리가 있었다. 하지만 이런 식의 도움이라면 받지 않은 것만 못하다. 혜주가 파란 인어를 유심히 지켜보다 인아에게 말을 걸었다.

"인어는 네가 소장님한테 전달해 줘."

"내가?"

"아무리 빨간 인어가 도와줬다지만 난 그 자리에 있지도 않았는데, 어떻게 내가 가냐. 칭찬받을 거야, 이 정도면 인어 상태도 양호하고."

이게 양호한 거라고? 파란 인어의 오른팔이 아예 결딴 났는데. 재활이 가능하려나. 억지로 등을 떠밀리다시피 기숙사를 벗어난 인아는 씁쓸함을 느꼈다. 인아는 지금이라도 파란 인어를 놓아줘야 할까 망설였지만, 이대로 파란 인어를 풀어 준다면 혜주는 물론이고 소장한테도 의심을 받게 될 터였다. 인아는 소장한테 절대로 파란 인어를 해치지 말아 달라고 부탁할 마음으로 소장실 문을 두드렸다.

"들어와."

"파란 인어를 잡아 왔어요."

"웬일로 죽이지는 않았네?"

소장은 만족스러운 눈길로 인아와 인어를 번갈아 쳐다봤다. 인아는 쭈뼛거리며 말을 꺼냈다.

"의뢰받았던 파란 인어예요. 잡다가 팔에 작살이 꽂히는 바람에 간단하게 응급 처치는 했는데⋯⋯."

"됐어. 좋아. 그럼 이제 새로운 의뢰를 받을 수 있겠지?"

"조금 시간이 걸릴지도 몰라요."

"이 정도 속도면 충분해. 성공률이 살짝 아쉽긴 하지만."

소장이 칭찬할 것이라던 혜주의 예상은 빗나갔다. 진짜 정연화는 얼마나 많은 인어를 사냥해 왔던 걸까. 인아는 소장의 지시에 따라 파란 인어를 소장실 한편에 놔두었다. 파란 인어의 운명이 어떻게 될지 마음에 걸렸지만 인아는 애써 담담한 척했다. 아직 인아에겐 본론이 남아 있었다.

"빨간 인어에 대한 이야기를 듣고 싶어요."

"이제 인어 사냥에 관심이 생긴 모양이지. 인어 사냥을 그만두겠다는 말도 안 되는 생각은 포기한 거야?"

"아니요."

"그럼, 빨간 인어 의뢰는 왜 받았어?"

"빨간 인어는 꼭 잡고 싶었어요. 뭔가 알고 있는 게 있으면 말해 주세요."

"얼굴에 큰 상처가 있고, 몸에서 비늘이 떨어지는 불치병을 앓고 있어."

그 정도는 인아도 이미 알고 있었다. 더 많은 정보가 필요했다.

"빨간 인어를 의뢰한 사람은 누군데요? 그런 외모적 특징 말고 다른 특이한 점은 없었어요?"

"왜 그런 걸 알려고 하는지 모르겠네. 의뢰인은 비밀로 하는 게 여기 규칙이야."

"혹시 약점 같은 건요?"

"몸이 약하다는 것 말고는 없어."

원래 몸이 약하기 때문에 환각과 환청을 사용하는 것일지도 모른다고 인아는 생각했다. 그래야 인어 사냥꾼이나 다른 외부 적들로부터 자신을 지킬 수 있을 테니까.

"그리고 성격이 유순해서 누굴 쉽게 공격하거나 다치게 할 만한 인어가 아니라고 들었어."

성격이 유순하다고? 쉽게 공격하지 못한다고? 인아는 그 말을 들으니 자신이 만난 빨간 인어가 맞는지 의문이 들었다. 하지만 얼굴에 있는 상처와 불치병은 일치했다. 소장이 말해 준 정보들은 도움은커녕 혼란만 가중시켰다.

"그리고 연화야."

"네?"

"이번엔 하얀 인어야."

"네?"

인아는 아스타를 떠올렸다. 내가 아스타를 잡을 수 있을까? 상냥하고 아름다운 하얀 인어, 이제는 친구처럼 가까워진 아스타를 말이다.

"의뢰인이 현상금 액수를 더 높였어. 기필코 잡아 오라고 하더라. 하얀 인어를 못 잡으면 어쩔 수 없이…… 알지?"

인아가 당혹스러운 표정을 짓자 소장이 덧붙였다.

"사냥에 실패하면 혜주나 너, 둘 중 한 명은 양성소에서 퇴출이야. 하지만 내가 널 어떻게 내보내겠니? 그런 상황이 오면 혜주가 나가게 될 거야."

*

"그게 무슨 소리야. 우리가 성적이 제일 좋잖아. 우리를 빼면 여기가 다 무슨 소용이야?"

"하얀 인어에게 걸린 현상금이 상당한가 봐. 양성소의 명예가 걸렸다나 뭐라나."

"의뢰인이 대단한 사람일지도 모르지. 그래도 너는 같은 가문 사람인데 어떻게 내친다고 말할 수 있지?"

인아는 소장의 말을 그대로 혜주에게 전할 수 없었다. 실패하면 혜주를 퇴출시키겠다는 말. 그래서 소장의 말을 왜곡하여 전했다. 지금은 그 편이 좋을 것 같았다.

"하고 싶은 말이 있어."

"뭔데?"

"퇴출 위험이 있더라도 빨간 인어를 먼저 잡아야 해."

"왜? 당장 아스타를 잡으면 되잖아. 나도 걔 잡아서 넘기기는 싫지만 우리가 퇴출되지 않으려면 어쩔 수 없어."

"빨간 인어를 그냥 두면 안 돼. 빨간 인어는 이상할 정도로 우리에 대해 너무 잘 알고 있어."

빨간 인어가 잡은 인어가 하필 우리가 의뢰받은 파란 인어라니. 우연이라고 하기엔 뭔가 이상했다. 도대체 빨간 인어는 어디서 그런 정보를 얻은 걸까. 분명 그 배후엔 무언가가 숨겨져 있을 터였다. 인아는 알지 못하는 무언가가.

"단순한 우연이겠지."

혜주는 말도 안 된다는 듯 고개를 저었다.

"우연치곤 너무 인위적이야. 네가 자리를 비우자마자 빨간 인어가 환각을 부렸어. 마치 모든 상황을 미리 알고 있었던 것처럼. 내키지 않는다면 나 혼자서 해 볼게."

"너 혼자서? 또 날 버리기야?"

인아는 혜주의 방을 나섰다. 어쩌면 혜주를 이 일에 끌어들이지 않는 편이 좋을지도 모른다는 생각이 들었다. 빨간 인어와 거래를 한 것도 인아 자신이고, 빨간 인어가 필요한 사람도 자신이니까. 비는 완전히 그쳤지만, 방으로 돌아가는 발걸음은 물에 젖은 것처럼 무거웠다.

*

　햇살에 눈을 뜨자마자 인아가 마주한 건 빨간 인어였다. 빨간 인어가 인아를 흥미롭다는 눈빛으로 바라보고 있었다. 지느러미는 다리로 변한 상태였다.

　"좋은 타이밍이네."

　인아는 눈앞에 있는 빨간 인어가 믿기지 않는 듯 눈을 느리게 끔뻑였다. 여전히 정신이 몽롱했지만 특유의 바다 냄새가 빨간 인어의 존재를 일깨워 줬다.

　"어때, 어제는 내 도움이 꽤 유용했지?"

　"너 때문에 일이 엉망으로 꼬였다고 한다면?"

　"그럴 리가 없잖아. 그깟 자존심 때문에 어제의 성과를 무시할 거야? 게다가 네가 원한 대로 파란 인어를 죽이지 않았다고."

빨간 인어는 어깨를 으쓱하고는 여유로운 미소를 지었다. 인아는 그 미소를 경멸하듯 바라보며 빨간 인어의 말을 정정했다.

"거의 죽일 뻔했지."

"겨우 팔이야. 팔은 네 친구도 다쳤던데."

"혜주? 네가 그걸 어떻게 알아?"

"알지. 만나 봤으니까."

당당한 태도와 말투였다. 분명 혜주와 빨간 인어가 만난 것은 잘못 본 게 아니었다. 그런데도 혜주는 빨간 인어를 만난 적이 있다고 왜 말하지 않았을까?

"이번엔 하얀 인어가 필요하지 않아? 아스타를 만나게 해 준다면 내가 이번에도 환각으로 다른 인어를 하얀 인어라고 속여 줄 수 있어."

그제야 인아의 눈이 번쩍 뜨였다. 그렇게 된다면 하얀 인어도 구할 수 있고, 혜주도 퇴출당하는 위험에서 벗어날 수 있었다. 두 마리 토끼를 다 잡는 셈이었다.

"그런데 아스타의 이름을 알고 있네? 내가 너한테 말해 준 적 없는 것 같은데."

인아가 빨간 인어를 쏘아보았다. 빨간 인어의 얼굴엔 감정 변화가 없었다.

"대체 어떻게 이름을 알고 있냐고."

"내가 왜 네 질문에 답해야 하지?"

인아는 또 한 번 질문을 던지려다 이내 포기했다. 더 추궁했다가 도리어 원하는 답을 영영 들을 수 없을 것 같았다.

"아스타와 이야기만 나눈다는 약속 꼭 지킬 수 있지? 만약 거짓말이라면 내가 가만있지 않을 거야."

"한번 지켜봐. 그럼, 알게 되겠지."

인아는 알겠다는 의미로 고개를 끄덕였다. 빨간 인어에게 다른 속셈이 있다는 것을 알면서도 지금은 혜주를 지키기 위해 어쩔 수가 없었다.

"장소는 서쪽 바다. 네 시간 뒤."

"알았어."

"너랑 아스타 둘만 와야 해."

빨간 인어가 악의를 담지 않은 얼굴로 생긋 웃었다. 정말 빨간 인어를 믿어도 되는 걸까. 인아가 혼란스러워하는 사이, 빨간 인어가 침대 맡 협탁에 놓인 물잔을 들더니 거침없이 마셨다. 빨간 인어의 다리가 처음과 달리 빨갛게 물들었다. 물을 다 마시고 나니 색이 처음과 같아졌다. 인아가 놀란 기색을 드러내자 빨간 인어가 말했다.

"뭐야, 왜 그렇게 놀라?"

"그거 괜찮은 거야?"

"괜찮을 리가, 날 놀리는 것도 아니고. 이만 간다. 곧 바빠질 몸이라서."

불치병 때문인 걸까, 인아가 생각하는 짧은 찰나에 빨간 인어는 자취를 감췄다.

*

아스타에게 이 거래를 어떻게 설명해야 할지 인아는 한참을 궁리했다. 하지만 해답이 나오지 않았다. 그 대신 아스타가 위험에 처할 상황을 대비해 약재들을 엮어 허리춤에 달고, 작살도 챙겼다. 인아는 자신이 대처만 잘하면 아스타와 혜주 모두를 구할 수 있는 좋은 기회라고 생각했다.

'아스타에게도 최대한 침착하게 대응해 달라고 말해야

지. 애초에, 내 부탁을 들어주려나.'

서쪽 바다는 오늘도 잔잔했다. 인아는 손목시계를 확인했다. 세 시간이 지난 상태였다. 서둘러 들고 있던 소라 껍데기를 힘차게 불었다. 진동으로 수면이 흔들렸다. 오래지 않아 저만치에서 파동이 보였다.

아스타는 물기를 한가득 머금은 상태로 뭍으로 나왔다. 뒤따라 나온 버베나가 지느러미로 몸을 지탱한 채 인아 앞에 섰다. 인아는 한층 짙어진 아스타의 향을 느끼면서 그들에게 인사했다.

"이번엔 너 혼자뿐이네."

혜주의 부재를 가장 먼저 알아챈 건 버베나였다.

"응, 혜주는 바쁜 일이 있대."

"그래? 의외네."

인아는 곧바로 본론으로 들어갔다.

"부탁이 있어서 찾아왔어."

"부탁이…… 뭔데?"

"아스타와 관련된 얘기야."

자리를 피해 달란 의미로 받아들인 버베나가 썩 내키지 않는다는 표정을 짓더니 물속으로 들어갔다.

"일단 오해하지 말고 들어 줘. 얼마 전에 빨간 인어가 내 앞에 나타났었어. 환각을 부리더라고."

"많이 놀라셨겠네요."

"그 애가 거래를 제안했어. 너와 대화를 하게 해 주면 우리를 돕겠대."

아스타는 인아가 앞으로 할 말들을 대강 짐작한 듯 보였다. 목이 바짝바짝 탔다.

"핑계는 대지 않을게. 난 그 거래를 받아들였어. 물론 널 진짜 넘기겠다는 건 아니야. 네가 안전할 수 있도록 최선을 다해서 널 지킬게. 만약에 빨간 인어가 너를 공격한다면, 내가 무조건 막아 낼 거야. 하물며 이걸 써서라도."

인아는 작살을 흔들어 보였다. 하지만 아스타는 그 모습을 보자 이마에 손을 얹고 미간을 찌푸렸다.

"인어들을 다치게 만들 생각이라면, 그건 옳지 못해요. 빨간 인어라고 인어가 아닌 건 아니니까요."

"하지만 그러지 않으면……."

"빨간 인어는 저와 대화를 나누는 게 목적이랬죠? 혹시 무언가 걸리는 점이 있나요?"

인아는 망설이다가 입을 열었다.

"빨간 인어는 보통 인어가 아니야. 널 죽일 수도 있어."

"전 괜찮아요. 혹여나 빨간 인어가 공격하면, 제가 막을 수 있어요. 그때 도와줘도 늦지 않아요."

"그러면…… 빨간 인어를 너 혼자서 상대하겠다는 거야?"

"네. 저도 제 몸 하나는 지킬 수 있으니까요."

"쉽게 생각하면 안 돼. 걘 정말 무서운 인어거든."

인아는 걱정을 거두지 못하며 손목시계를 확인했다. 시간은 30분도 채 남지 않았다.

*

인아는 소라 껍데기를 불었다. 혜주가 불었던 것에 버금가는 음량으로. 저만치 파동이 일렁이자 빨간 인어의 얼굴이 새 장난감을 보는 어린아이처럼 밝아졌다. 아스타는 뭍으로 나오면서 동시에 지느러미를 다리로 바꿨다. 빨간 인어가 다가가서 손을 뻗어 악수를 청했다.

"안녕, 아스타? 만나서 반가워."

빨간 인어가 아스타에게 한눈이 팔렸을 때, 뭔가 수상

하다고 느낀 버베나가 뭍으로 올라왔다.

"아무래도 3대 1은 무섭단 말이지."

그렇게 말한 빨간 인어가 순식간에 버베나를 덮치고 위로 올라탔다. 그러고는 버베나를 세게 짓눌렀다. 인아가 빨간 인어를 저지하기 위해 달려가려 하자 아스타가 멈추라는 손짓을 했다. 아스타는 버베나에게도 손짓했다. 버베나는 신호를 확인하곤 힘을 빼고 입술만 꽉 물었다. 빨간 인어는 그 틈을 타 밧줄로 버베나의 손을 칭칭 감았다.

"됐다. 이제 균형이 좀 맞네. 잠시만 얌전히 있도록 해."

정연화였다면 이런 상황에서 어떻게 했을까. 연화의 몸속에 들어와 있으니, 인아는 어쩌면 자신의 생각도 연화와 비슷해졌을지도 모른다고 생각했다.

"너희가 도망가 버리면 어떡해? 나라고 눈 뜨고 코 베일 수는 없는 노릇이잖아."

"애초부터 버베나를 인질 삼으려는 계획이었지?"

빨간 인어는 인아의 물음을 철저히 무시했다. 결박돼 있는 버베나가 걱정됐지만, 인아는 일단 아스타의 판단을 믿어 보기로 했다.

하지만 계획이 언제나 들어맞는 건 아니었다. 인아가

걱정했던 대로 빨간 인어는 이번에는 아스타에게 달려들었다. 그러고는 아스타의 손목을 낚아채 바다로 이끌었다. 빨간 인어는 다른 인어들에 비해 땅 위에서 민첩하게 움직일 수 있었다. 아스타가 빠져나가려고 몸부림쳤다. 인아는 빨간 인어를 향해 소리쳤다.

"분명 대화만 나눈다고 했잖아."

"하지만 약속을 어긴 건 너희. 너희 둘만 나오기로 했잖아."

버베나가 아스타를 구하기 위해 손이 묶인 채로 버둥거리자 빨간 인어가 버베나의 복부를 가격했다. 버베나가 콜록거리며 기침을 뱉었다.

"너희가 자초한 일이야."

빨간 인어는 더 강한 힘으로 제압하며 아스타를 바닷속으로 끌고 들어갔다.

"저 괴물 빨리 잡아."

버베나가 묶인 손을 거세게 움직이며 소리쳤다. 인아는 작살을 챙겨 당장 그들을 뒤쫓아 가려고 했지만 빨간 인어가 환각을 부리기 시작했는지 그들의 모습이 보이지 않았다.

"이게 다 너 때문이야. 네가 아스타를 함정에 빠뜨렸어."

버베나의 눈빛은 살기가 넘쳤다. 작살을 꼭 쥔 인아의 손에 땀이 고였다. 빨간 인어를 찾지 못한다면 아스타는 위험에 처하게 될 것이고, 혜주는 양성소에서 쫓겨나게 될 것이다. 그건 최악의 상황이었다. 인아가 지금 선택할 수 있는 건 단 하나였다.

"아스타를 구할게."

아스타는 그 누구보다 특별한 인어다. 그러니 절대로 죽게 해서는 안 된다. 인아는 버베나의 밧줄을 빠르게 풀어 준 뒤, 있는 힘껏 오른쪽으로 내달렸다. 다행히 파도가 치지 않아 수면이 잔잔했다. 처음엔 환각 때문에 보이지 않던 빨간 인어와 아스타가 물 아래에 희미하게 나타났다. 아무래도 빨간 인어의 몸에도 슬슬 무리가 와서 환각이 약해진 것 같았다. 인아는 바닷속으로 잠수해 들어갔다. 족히 5분은 잠수해 있었던 것 같은데, 숨을 참는 것이 버겁지 않았다. 인아는 새삼 정연화의 뛰어난 폐활량에 감탄했다.

'저기 보인다.'

빨간 인어와 아스타가 물속에서 실랑이를 벌이고 있었다. 파도가 잔잔해 충분히 작살을 쏘기에 적합하게 시야가 트여 있었다. 인아는 빨간 인어가 최대한 아스타와 떨어지는 그 순간을 노렸다. 인아는 일부러 팔뚝에서 살짝 벗어나도록 작살을 조준했다. 그저 위협만 줄 수 있기를 바라면서, 방아쇠를 당겼다.

하지만 빨간 인어는 바다에서도 움직임이 빨랐다. 빨간 인어는 재빠르게 작살을 피했다. 인아는 더 이상 숨을 참지 못하고 수면 위로 향했다. 수면에 거의 다다른 그때, 몸이 쑤욱 아래로 끌어당겨졌다. 고개를 돌려 내려다보니 빨간 인어가 인아의 발목을 잡고 입이 찢어져라 웃고 있었다. 인아는 등골이 오싹해졌다. 작살을 던지려 했지만 인아에게 남은 작살은 더 이상 없었다. 당황한 인아는 있는 힘껏 발길질하며 저항했다. 발버둥 칠수록 날카로운 손톱이 발목을 파고들었다.

하지만 곧 악착같이 발목을 붙들고 있던 빨간 인어의 손이 풀렸다. 인아는 능숙하게 팔을 저어 수면 위로 올라왔다. 참았던 숨을 한꺼번에 터뜨렸다. 정신을 차리고 주위를 둘러보자 물결이 핏빛으로 일렁이고 있었다. 그것이 빨간 인어의 피인지, 아스타의 피인지 알 수 없었다. 인아는 다급히 핏빛 물결의 근원지를 찾아 헤엄치기 시작했다. 점점 핏빛이 진해지는 쪽으로 향하자 그곳에 아스타가 있었다. 아스타의 옆구리에 난 상처에서 피가 흘러나오고 있었다. 인아는 아스타를 지키지 못했다는 절망감에 온몸에서 힘이 빠져나가는 것 같았다. 결국 전부 실패하고 만 것이다.

*

"대체 왜 그런 짓을 한 거야?"

아스타가 의식을 차리자마자 인아가 소리쳤다. 아스타는 대답 대신 제 옆구리에 감긴 붕대를 매만졌다. 버베나가 아스타를 감싸듯 그녀의 어깨를 껴안았다. 인아는 응급 처치를 마친 상처가 깊지 않기만을 간절히 바랐다.

"죄송해요. 이 상처는 사실 제가 스스로 낸 거예요."

"그게 무슨 소리야?"

인아는 아스타의 말을 이해할 수 없었다.

"빨간 인어가 제 피가 필요하댔어요."

"왜 네 피가 필요한 건데?"

"그 이유는 잘 모르겠어요. 어쨌든 빨간 인어는 다시 찾아올 게 분명해요. 피가 바닷물에 희석되어서 아무 소용이 없었을 거예요."

"그래도 네 목숨을 잃을 뻔했잖아. 다시는 그런 위험한 짓 하지 마."

인아는 말을 마치자마자 갑자기 자리에서 일어났다. 그러고는 경계하는 눈빛으로 주위를 둘러보더니 목소리를 낮춰 말했다.

"숨어. 누군가 오고 있어. 내 생각엔…… 다른 인어 사냥꾼 같아."

인아의 말에 버베나는 아스타를 도와 재빨리 해안가에 있는 절벽 뒤로 몸을 감췄다. 무언가 무거운 것을 끄는 듯한 둔탁한 소리가 가까워지고 있었다. 인아가 긴장한 채 천천히 뒤를 돌아보자 익숙한 얼굴이 눈에 들어왔다.

"야, 정연화! 대박이야. 이것 봐. 내가 하얀 인어를 잡았어!"

혜주가 가져온 포획용 봉투엔 처음 보는 하얀 인어가 담겨 있었다. 하지만 인아는 그것이 하얀 인어가 아니라

는 것을 단번에 알아차렸다. 이 역시도 빨간 인어가 부린
환각이 틀림없었다.

8

— 하얀 인어를 잡았어요. 소장실로 갈까요?

— 시간이 늦었으니까, 내가 네 방으로 갈게.

— 네, 좋아요.

빨간 인어의 환각 때문인지 포획용 봉투에 들어 있는 하
얀 인어의 눈빛은 영혼이 없는 것처럼 느껴졌다. 이 상태
라면 아스타도 안전하고, 혜주의 안위도 걱정할 필요가 없

었다. 이제 빨간 인어한테 정연화에 관한 정보를 얻어 내기만 하면 된다. 그때, 노크 소리가 들렸다. 소장은 문으로 들어서자마자 인아의 어깨 너머로 하얀 인어를 확인했다.

"너라면 분명 잘 해낼 줄 알았어."

"저 혼자 잡은 거 아니에요. 혜주가 도와줬어요."

"걔가 그다지 큰 도움이 되진 않았을 텐데."

"아니에요. 이번엔 혜주가 아니었다면······."

"자기 자리가 위험해지면 누구나 절박해지기 마련이지."

소장은 익숙한 듯 자연스럽게 방 안으로 들어왔다. 의도한 건 아닐 테지만, 소장은 빨간 인어가 머물렀던 창가 자리로 가서 똑같이 섰다. 인아는 침대에 앉아 소장과 눈을 맞췄다. 누가 먼저 말을 꺼낼지 겨루기라도 하는 것처럼 두 사람 모두 입을 다물었다.

"더 이상 인어 의뢰는 받지 않을래요."

먼저 입을 연 건 인아였다.

"왜? 하얀 인어도 잡았으니 이제 시간도 많을 거 아냐."

"시간이랑 상관없이 쉬고 싶어요."

"이 정도는 견딜 수 있잖아."

"아무래도 무리예요. 혜주도 다쳤고요."

"언제부터 혜주를 신경 썼다고 그래. 핑계 대지 마."

인아는 강경한 소장의 태도에 막막해져 작게 한숨을 쉬며 흘러내린 머리칼을 넘겼다. 그 순간 소장의 시선이 인아에게로 꽂혔다. 정확히는 인아의 손목에.

"그 팔찌는 왜 또 꺼냈어?"

"네?"

인아는 다급히 등 뒤로 팔을 숨겼다. 역시 뭔가 특별한 팔찌인 건가. 조개에 새겨진 문양을 빼면 특별할 것 없는 평범한 팔찌처럼 보였다. 소장의 예민한 반응을 보니 무언가 이유가 있을 것 같았다. 팔찌의 지나친 수수함은 특별함을 가리기 위해서인가.

"좋은 동맹도 아니었잖아. 아무래도 따로 보관하는 편이 좋겠어. 팔찌 이리 줘."

인아는 동맹이라는 단어를 듣자 팔찌를 쉽사리 넘겨 줘선 안 되겠다는 생각이 본능적으로 들었다. 인아는 원래 세계에서 자신이 가지고 있던 조개 목걸이를 보며 느낀 것과 같이 이 팔찌에도 애착이 갔다. 소장의 손에 들어가면 영영 이 팔찌를 잃게 될 것 같았다. 소장이 언성을 높였다.

"고집부리지 마. 인어를 잡지 않겠다는 투정은 충분히 봐줬어."

"동맹이니 뭐니 이젠 상관없잖아요."

"상관없다고? 그 동맹이 무슨 동맹인지도 잘 모르면서 어떻게……."

"잘 몰라요. 그래서 차고 다니는 거죠."

소장은 입술을 짓이기듯 깨물었다. 그의 심각한 표정에, 인아는 괜스레 두려워졌다.

"그 동맹은 보통 가문과 맺은 게 아니야."

"그게 무슨 뜻이예요?"

"지금 이 세상에 없어, 그 가문은."

그렇다면 동맹을 맺은 가문이 몰락했다는 건가. '이 세상'에 없다면 혹시 다른 세상에 있다는 건가. 인아의 머릿속에 한 가지 가능성이 떠올랐다. 어쩌면 자신의 목걸이와 정연화의 팔찌에 같은 문양이 새겨진 건 단순한 우연이 아닐지도 모른다고.

"그걸 몸에 지니고 다니면 그 가문과 연결이 돼. 한쪽에게 위험한 일이 생기거나 도움이 필요해질 경우, 서로 연결되어 함께 고통을 나누도록 동맹을 맺은 거야."

인아는 정연화와 몸이 뒤바뀐 사람이, 왜 하필 자신이었는지 이제야 감이 왔다.

'정연화와 나는 목걸이와 팔찌로 인해 애초부터 연결되어 있었나. 정연화가 하얀 인어를 죽였고, 그래서 가문의 동맹으로 이어진 나도 그 죽음에 연관된 건 아닐까.'

단지 가문의 알 수 없는 동맹으로 이 일에 엮인 거라면, 인아는 왠지 억울할 것 같았다.

"으스스한 옛날이야기네요."

"전설처럼 내려오는 이야기이긴 하지. 아직 실제로 영향을 주었다 할 사건이 발생하진 않았어. 그래도 그걸 차고 다니는 건 좋지 않아."

소장은 절대로 모를 것이다. 바로 눈앞에 서 있는 인아가 그 전설과 관련된 인물이라는 것을. 절대 굽힐 것 같지 않은 소장의 뜻에 따라 인아는 팔찌를 풀었다. 소장에게 넘기기 직전, 인아가 호기롭게 주장했다.

"그러면 새로 팔찌 사 주세요. 그때까지만 차고 있을게요. 괜찮죠?"

"나 장난칠 기분 아니야. 어서 내놔."

"팔찌가 없으면 허전하단 말이에요. 새 팔찌를 사 주시

156

면 당장 돌려 드릴게요. 그것도 안 돼요? 그 전설이든 저주든, 아무튼 소문일 뿐이잖아요."

막무가내 태도에 소장은 할 말을 잃은 눈치였다. 인아는 유치한 행동이라는 걸 알면서도 떼를 썼다. 갖은 수를 써서 시간을 벌기 위함이었다.

"어울리지 않게 어리광을 부리는구나. 알았어. 내일 내가 부르면 곧장 다시 가지고 와. 딱 그때까지만이야."

"명심할게요."

인아는 간신히 지켜 낸 팔찌를 등 뒤로 감췄다. 원래 세계에서 자신이 가장 아끼던 물건이 이쪽 세계로 오게 만든 원인이었다니 믿기지 않았다. 뜸을 들이다 인아가 마지막 질문을 던졌다.

"혹시 그…… 동맹에 대해서 더 자세히 들을 수는 없어요?"

"그런 걸 알아서 뭐 하게. 그 시간에 인어나 잡는 게 좋지 않을까?"

"듣고 나니 흥미가 생겨서요. 책이나 자료 같은 게 있나요?"

"네가 몰라도 되는 이야기야. 더 관심 갖지 않는 게 좋아.”

　그렇게 말한 소장은 작별 인사를 하고 능숙하게 하얀 인어로 위장된 인어를 끌고 갔다. 기숙사 방에 다시 혼자 남게 된 인아는 소장과의 대화에서 자신이 예기치 못한, 중요한 무언가를 일부분 밝혀냈다는 느낌을 강하게 받았다. 어떻게 맺어졌는지 모를 동맹. 인아는 진지한 표정으로 팔목에 찬 팔찌를 내려다봤다.

　‘그러니까 이것 때문에 정연화와 내 몸이 바뀔 수 있었다는 거지.’

*

　소장이 나간 지 얼마 되지 않아 인아는 혜주의 방으로 향했다. 혜주에게 하얀 인어를 잘 전달했다는 이야기를 하고 싶었다. 방 가까이 도착해서 혜주에게 메시지를 보냈다.

　　─지금 잠깐 네 방으로 찾아가도 괜찮아?

─이제 자려고. 내일 오는 건 어때?!

─그래, 어쩔 수 없지. 잘 자.

인아가 발길을 돌리려는 찰나, 문이 열리는 소리가 들렸다. 뒤를 돌아보니 혜주가 방에서 나오고 있었다. 인아는 본능적으로 복도 기둥 뒤편에 몸을 숨겼다. 복도의 센서등이 곧 꺼졌다. 졸지에 혜주를 염탐하는 꼴이 되고 말았다. 인아는 어둠 속에 잠겨 혜주의 행동을 눈으로 좇았다. 혜주는 누구를 기다리는지 조심스러운 눈길로 주위를 살폈다.

"설마 나를 기다리고 있었던 거야?"

"조용히 해. 방에 들어가서 얘기하자."

눈 깜짝할 새에 혜주 옆에 모습을 나타낸 존재는 다름 아닌, 빨간 인어였다.

"그런데 무슨 인기척 안 느껴져?"

빨간 인어가 어둠 속을 살폈다.

"난 그런 거 못 느꼈는데."

혜주는 의심할 만한 낌새를 느끼지 못한 듯했다. 인아

는 들키지 않으려고 오른손으로 제 입을 막았다.

"내 착각이면 됐고. 들어가자."

인아는 생각지도 못한 위험에 심장이 덜컥 내려앉았지만 빨간 인어도, 혜주도 눈치챈 것처럼 보이진 않았다. 방문이 닫히는 소리가 들리자마자 인아는 뒤도 돌아보지 않고 그 자리를 벗어났다. 인아는 제 방으로 돌아오고 나서야 안도의 한숨을 내쉬었다.

"어디 갔다 왔어?"

눈을 감았다 뜬 잠깐 사이에 빨간 인어가 눈앞에 나타났다. 혜주의 표현을 빌리자면 정말로 동에 번쩍, 서에 번쩍이었다. 빨간 인어의 능력 중에는 순간 이동도 있다고 했다.

"뭘 그리 놀라. 아깐 환각이었어."

"그게 환각이었다고? 네가 날 발견하고 순식간에 이쪽으로 이동한 게 아니라?"

"뭐 그것도 불가능하진 않지. 하지만 난 네가 이 방을 나가는 순간부터 여기에 있었어."

혜주와 만나는 환상을 일부러 인아에게 보여 줬다는 뜻이었다.

'그래, 혜주가 빨간 인어와 만날 리가 없지. 설불리 혜주를 의심했어.'

인아는 침대 위에 여유롭게 누워 있는 빨간 인어를 흘겨봤다.

"그렇게 차갑게 쳐다보지 마. 나한테 아직 궁금한 게 더 남았을 텐데?"

빨간 인어는 모든 것을 알고 있는 게 확실했다. 하지만 약속과 달리 아스타를 데리고 도망치려 했던 빨간 인어를 믿을 수는 없었다. 인아는 의심의 눈초리를 거두지 않고 빨간 인어에게 물었다.

"내가 어떤 인어를 어떻게 죽였는지 네가 어디까지 알고 있나 궁금해."

"하나도 빠짐없이 다 알고 있지."

"하얀 인어도?"

"역시 네가 그 인어를 죽인 게 맞구나?"

빨간 인어가 알고 있을 것이라는 인아의 예상이 빗나갔다. 인아가 반문했다.

"너 알고 있던 거 아니었어?"

"짐작은 하고 있었지. 네가 나한테 자존심도 없이 인어를 잡아 달라고 부탁했고, 난 그걸 들어줬으니까. 피만 얻으면 될걸. 귀찮게 진짜 죽이다니 너도 어쩔 수 없는 인어 사냥꾼이라니까."

"하얀 인어를 해치지 않고 천지를 뒤바꿀 힘을 얻는 방법은 없어?"

"나는 못 해도, 너는 할 수 있는 방법이 있지."

"그게 뭔데?"

"죽은 하얀 인어의 혼을 소라 껍데기에 보관하는 부족이 있어."

인어를 사냥하는 정연화의 가문처럼 전통적인 가문이 또 있단 말인가. 하지만 한편으로는 빨간 인어가 왜 이런 걸 가르쳐 주는지, 무슨 속셈이 있는 것인지 의심스러웠다.

"그 부족을 찾아가서 하얀 인어의 혼이 담긴 소라 껍데기를 찾으면 돼. 그러면 인어가 부활한다더군."

인아는 '부활'이라는 단어에 두 눈을 반짝였다. 그렇다면 연화가 죽인 하얀 인어를 되살릴 수 있다는 것인가. 인아는 정연화의 잘못을 바로잡고, 자신의 세계로 돌아갈 수 있는 유일한 방법이 죽은 하얀 인어를 부활시키는 것이라는 생각이 들었다.

"그 부족이 어디에 있는데?"

단서를 잡았다는 기쁨도 잠시, 인아의 머릿속에 또다시 수백 개의 물음표가 떠올랐다.

"나도 자세한 건 몰라. 그런 이야기를 들었을 뿐이야. 하얀 인어를 부활시킨다고 해서 정말 엄청난 능력을 얻게 될지는 아무도 모르지. 난 하얀 인어의 피를 얻는 것만으로 만족해."

'인어의 피만 얻어도 괜찮은 건가? 하지만 그 책에는 분명 인어를 죽여야 한다고 적혀 있었는데. 혹여나 빨간 인어가 잘못 알고 있는 건 아닐까?'

빨간 인어를 완전히 신뢰할 수는 없지만, 지금은 그 부족에 대해서 알고 있는 유일한 존재인 그녀의 도움이 필요했다.

"네 도움이 필요한 일이 생길지도 몰라. 그때 날 도와줄 수 있어?"

"우선 나부터 살고 봐야지. 하얀 인어의 피를 얻어 시한부 인생에서 벗어날 수 있다면 또 모르지."

인상을 쓰며 그렇게 말하고 나서 빨간 인어는 사라졌다.

*

"너 얼굴뿐만 아니라, 몸 전체가 다 창백해 보여."

해변에 먼저 와서 기다리고 있던 혜주가 인아를 보자마자 놀란 듯 말했다. 인아도 오늘 아침에 거울에 비친 자신의 얼굴을 보고 놀랐다. 피부가 창백하다고 생각될 정도로 하얘졌기 때문이다. 뿐만 아니라 언제부턴가 피부가 가렵기 시작했다. 온몸이 벌레에 물린 듯이 가려웠다. 이제는 희다 못해 살짝 회색빛을 띠는 피부에 긁느라 생긴 손톱자국이 붉게 남아 있었다.

"소라 껍데기는 잘 챙겨 왔어?"

혜주의 물음에 인아는 기다렸다는 듯 가방에서 소라 껍데기를 꺼냈다. 오늘 아스타와 버베나를 만나자고 제안한 건 인아였다. 아스타에게 직접 물어보고 싶은 것이 있었다. 혜주는 서쪽 바다를 향해 소라 껍데기를 들고 불었다.

얼마쯤 시간이 지나자 버베나와 아스타가 모습을 드러냈다. 인아는 혜주를 향해 고개를 한 번 끄덕였다. 일종의 신호였다. 그것을 알아챈 혜주가 뺨에 난 상처를 걱정하며 버베나를 꼭 껴안으며 말했다.

"버베나, 상처는 괜찮아? 이제 다 나은 거야?"

그 틈을 타서 인아는 아스타의 귀에 대고 속삭였다.

"조용히 할 말이 있는데 다른 데로 갈까?"

인아가 은밀히 제안하자 아스타가 흔쾌히 말했다.

"저기로 가요."

아스타가 가리킨 곳은 인아가 빨간 인어의 환각에 속아 바다로 몸을 던졌던 그 언덕이었다. 인아는 그 장소가 썩 내키지 않았지만 고개를 끄덕였다. 아스타가 지느러미를 가냘픈 다리로 바꿨다. 올라갈 때 인아가 그녀를 도와줘야 했다. 붕대가 감긴 허리를 건드리지 않으려 애쓰다 보니 어느새 도착했다.

"하고 싶은 말이 있으세요?"

"옆구리는 괜찮아?"

"이 정도는 괜찮아요."

"빨간 인어가 왜 네 피를 원하는지 알고 있어?"

"말은 해 주지 않았지만, 유추하기는 쉬웠어요. 미신 때문이에요. 예로부터 인어들 사이에서 그런 소문이 떠돌았어요. 하얀 인어의 피를 몸에 바르면 무엇이든 이룰 수 있는 힘을 얻을 수 있다고요. 진실인지 아닌지는 모르지만

요.”

“그럼 피를 주면 안 되는 거 아니야? 빨간 인어가 그런 힘을 얻는다면…….”

“그럴 리 없을 거예요. 그건 미신일 뿐이거든요.”

“그게 무슨 소리야? 설명 좀 해 줘.”

“말 그대로예요. 피를 바르는 것만으로 하얀 인어의 힘을 얻을 수는 없어요.”

그렇다면 빨간 인어가 아스타를 속인 것일까. 아스타의 피만 얻는다고 접근해서는 그녀를 해치려던 것일지도 몰랐다. 그게 아니라면 빨간 인어는 잘못된 정보를 믿고 있는 것일지도.

“그러면 너한테서 나는 향은 어떻게 된 거야? 그것도 미신이야?”

“정말 제 향을 맡으셨군요.”

아스타가 기쁜 듯 인아의 두 손을 움켜쥐며 또 말했다.

“과거에 하얀 인어의 신뢰를 얻은 일이 있으셨나 보네요.”

하얀 인어의 향을 맡을 수 있는 이유는 두 가지였다. 아스타가 인아를 믿거나, 죽은 하얀 인어가 정연화에게 믿음을 가졌거나. 어느 정도 사건의 윤곽이 드러난 지금으로서는 후자가 맞을 것 같았다.

"두 분이 버베나를 사냥할 때, 저도 근처 덤불에 숨어 있었어요. 그 이후에 혜주 씨가 저희를 잡으러 밤늦게 다시 돌아왔을 때도요. 연화 씨와 마주쳤었는데⋯⋯."

"아, 그 덤불 속에 있던 게 너였어?"

인아는 그때 호숫가에 있는 덤불 속에서 누군가의 시선이 느껴졌던 것을 떠올렸다. 버베나와 아스타를 노리는 다른 인어 사냥꾼인 줄 알았는데 아스타였던 것이다.

"차마 가까이 다가가진 못했지만 혜주 씨가 버베나에게 작살을 쏘지 못하도록 막는 모습, 그리고 저희를 바다에 풀어 주자고 설득하는 모습을 봤어요."

인아를 염탐하던 건 빨간 인어뿐만이 아니었다. 인어에게 해가 되는 행동을 하지 않아서 다행이었다. 만약 그녀가 보는 앞에서 인어를 사냥하려는 혜주를 방관했거나 직접 인어를 해치려 했다면 아스타를 다시 볼 면목이 없었을 테니 말이다.

"저와 친하게 지내던 하얀 인어 하나가 최근 실종됐어요. 사냥을 당한 거겠죠. 처음엔 연화 씨와 혜주 씨를 의심했어요. 그 인어는 사람을 잘 믿었거든요. 하지만 그 장면을 목격하고 나서 마음이 바뀌었어요. 연화 씨는 착한 사람인 것 같다고요."

아스타는 모든 것을 알고 있었던 것이다. 처음 만난 날부터.

"하얀 인어를 죽인 사람은 시간이 지나면 점점 티가 나게 돼요. 원치 않아도요. 연화 씨는 어떻게 그런 심성으로 하얀 인어를 죽이셨어요?"

정연화가 하얀 인어를 죽였다는 사실을 아스타에게 들키는 순간이 찾아올 줄은 꿈에도 몰랐다. 인아의 어깨를 붙잡은 아스타의 손에 힘이 들어갔다. 인아는 직감적으로 알 수 있었다. 아스타가 혼란스러워하고 있다는 것을.

"제가 본 상황들이 전부 거짓이라고 여기기는 힘들어요. 하얀 인어를 죽인 사람이, 다른 인어들을 지키려 갖은 애를 쓰는 모순이요."

"이야기가 복잡해."

"감당할 수 있어요."

아스타보다 더한 혼돈을 겪고 있는 사람이 바로 인아였다. 어디서부터 말해 줘야 아스타가 오해하지 않고 받아들일 수 있을까. 고민하던 인아는 돌려 말하는 걸 포기했다.

"하얀 인어를 해친 정연화와 지금의 나는 달라."

아스타는 혼란스러운 표정으로 인아를 바라봤다. 아스타의 눈앞에 있는 인물은 분명 정연화인데 정연화가 아니라니, 말도 안 되는 주장이었다.

"몸이 바뀌었어. 감당하기 어려워도 일단 내 말을 들어줘. 정연화가 하얀 인어를 죽이고는 나와 몸을 바꿨어."

"그럼 당신은 누구인가요?"

인아는 이 세계에 오고 처음으로 자신의 이름을 꺼내야만 했다.

"인아라고 해. 정인아."

"당신 말이 정말 사실이에요?"

"맞아. 나는 인어들을 죽이고 싶지 않아. 조금이라도 다치게 하기 싫어. 그래서 내 원래 몸으로 돌아갈 수 있는 방법을 찾고 있어. 오늘 너를 찾아온 것도 도움을 구하기 위해서고."

"하얀 인어를 죽인 죄책감 때문에 인어를 보호하려는 건 아니고요?"

인아는 대답 대신 자신을 믿어 달라는 듯 아스타의 손을 꼭 잡았다. 그리고 간절한 말투로 자신의 계획을 설명했다.

"너희들, 그러니까 하얀 인어가 죽으면 그 영혼을 기리는 부족이 있다는데 알고 있어?"

"당연히 모를 수가 없죠."

"그 부족을 찾아가서 내가, 아니 정연화가 죽인 하얀 인어를 찾을 거야. 그리고 그 인어를 부활시켜서 진심으로 용서를 구하고 내 몸으로 다시 돌아가려고 해."

"좋은 생각이네요. 그러면 하얀 인어도 되살아날 테니까요."

혹여나 빨간 인어처럼 아스타도 자신을 속이려는 것은 아닐지 아주 잠깐 의심했다. 하지만 인아는 아스타를 믿기로 했다.

"부족이 어디에 있는지 알아?"

"알아도 얘기해 줄 수 없어요, 특히 인어 사냥꾼한테는. 하지만 지금까지 한 말이 사실이라면, 인아 씨는 인어 사냥꾼이 아닌 거겠죠."

인아는 아스타가 자신의 진짜 이름을 불러 주는 것에

색다른 감정을 느꼈다. 잠시 생각에 잠겼던 아스타가 속삭이듯 말했다.

"자세한 위치까지는 장담하지 못해요. 계곡 길을 계속 따라가면 나오는, 수풀이 우거진 깊은 동굴 속 숨겨진 마을이라고 하더군요."

"그곳을 내가 과연 찾을 수 있을지 모르겠어."

"걱정하지 마세요. 찾아가는 방법이 따로 있으니까요. 소라 껍데기를 줘 보시겠어요?"

인아가 가방에서 꺼내 건네자 아스타가 그것을 귀에 가져다 댔다. 고개를 이곳저곳으로 움직이다가 어느 지점에서 멈췄다.

"저쪽에 있네요."

아스타가 북쪽을 가리켰다. 뭉뚝하게 솟아오른 산에는 아무것도 보이지 않았다.

"어떻게 안 거야?"

"소라 껍데기를 귀에 갖다 대면 소리가 들릴 거예요. 점점 소리가 커지는 방향으로 따라가면 돼요."

곧장 인아가 아스타의 말대로 했다. 소라 껍데기를 바다로 향했을 때보다 북쪽 산으로 기울였을 때 소리가 더 커졌다.

"이런 식으로 계속 찾아가면 되는 거야?"

아스타가 고개를 힘차게 끄덕였다. 방법도 찾았겠다, 이제 시간문제였다. 괜히 조급해진 인아가 서둘러 몸을 일으키려 하자 아스타가 그녀를 막았다.

"고백할 거라고 하셨죠. 연화…… 씨가 죽인 하얀 인어가 부활하면요."

"응, 전부. 내 사정을 다 고백할 거야."

아스타가 쓴웃음을 지으며 말했다.

"아직 하나가 더 남았어요."

"뭔데?"

아스타가 순식간에 인아를 바다로 밀었다. 인아는 추락했다. 수면에 부딪히면서 머리에 갑작스러운 충격이 가해졌다.

'이게 지금 무슨 상황이지?'

인아는 물속에서 손을 허우적거리며 몸부림쳤다. 머릿속에는 살고 싶다, 원래의 몸으로 돌아가고 싶다는 생각만이 가득했다. 아스타에게 원망을 느낄 여유도 없었다. 살고 싶다는 생각 뒤로 그녀가 왜 자신을 바다에 빠뜨렸

172

는지에 대한 궁금증이 솟아올랐다.

온몸이 물에 잠겨 들면서 인아는 뭔가 이상하다는 것을 알아챘다. 놀랍게도 물에서 호흡이 가능했다. 아스타는 인아가 깨닫게 하도록 이런 짓을 벌인 걸까. 인아는 명확한 해답을 구하지 못했다. 어제까지만 하더라도 빨간 인어를 잡으려 잠수하며 벅참을 느꼈으니 그렇게 생각하기에 무리가 있었다. 인아가 생각할 수 있는 결론은 오직 한 가지였다.

정연화의 몸이 변화하고 있다.

얼마나 물속에 잠겨 있었을까. 인아가 물 위로 얼굴을 드러냈다. 버베나와 한창 대화하고 있던 혜주는 무심결에 바닷가로 시선을 돌리다 인아를 발견했다.

"야, 정연화! 왜 또 빠졌어!"

혜주는 놀라서 무작정 바다를 향해 뛰어들어 다급히 인아를 잡고 해변으로 끌었다.

"위험하단 걸 모르는 거야? 아무리 네가 대단한 인어 사냥꾼이어도 바다를 만만하게 봤다간 죽을 수도 있다고!"

인아는 대답하는 대신 아스타를 찾았다. 버베나 곁에서서 자신을 의미심장한 눈빛으로 쳐다보고 있는 아스타에게 다가갔다. 버베나가 이상함을 느끼고 인아를 경계하는데 아스타가 차분한 말투로 말했다.

"모든 사냥꾼이 하얀 인어를 노려도 그들이 멸종하지 않는 데에는 다 이유가 있어요."

9

"우리 어디로 가는 거야?"

"마을로."

"자세하게 좀 말해 줘."

"나도 자세히는 몰라. 아스타의 부탁이야. 도착해 보면 알겠지."

인아는 아스타를 핑계 삼아 길을 나섰다. 따라오지 않아도 괜찮다고 말해도 늘 연화를 따라 다녀야 한다는 강박이라도 있는 것처럼 혜주는 고집을 꺾지 않았다.

소라 껍데기에 귀를 가져다 대니 이번엔 왼쪽에서 파도

소리가 들렸다. 인아는 방향을 황급히 바꿨다.

"뭐야, 길이 왜 이렇게 복잡해?"

뒤에서 혜주가 불평하며 따라왔다. 인아가 되물었다.

"근데 너 정말 빨간 인어 만난 적 없어?"

"그렇대도. 난 그날 빨간 인어랑 처음 만났어."

혜주가 인아를 뚫어지게 보며 말했다. 자신의 말을 어떻게 받아들이는지 궁금해하는 것처럼 보였다. 하지만 인아는 혜주가 듣고 싶은 답을 해 줄 수 없었다. 아직 찝찝함이 남았다. 어젯밤에 의도치 않게 혜주를 미행하며 보았던 장면이 정말 환상이었을까부터 지금까지.

"예전에 빨간 인어가 네 이야기를 했었어. 곰곰이 되새겨 봐, 잠깐이라도 마주쳤던 적이 있을지 몰라."

"그만해. 의심받는 건 그렇게 기분 좋은 일이 아니거든."

두통이 오기라도 한 듯 혜주가 머리를 짚었다. 인아는 한발 물러섰다. 답답한 감정을 해소하기 위해 혜주를 벼랑 끝으로 몰아세우는 것 같았다.

'혜주는 정연화의 친구인데, 설마 거짓말을 하겠어.'

"그래도 산이라서 그런가. 피톤치드 향도 나고 참 좋

다!"

혜주가 분위기를 바꿔 보려는 듯 말했다. 인아가 코를 킁킁대며 냄새를 맡고는 말했다.

"이게 피톤치드 향이야? 나는 피비린내밖에 안 나는데."

"일부러 무섭게 하려는 거면 관둬라~"

"그게 아니라, 어디서 몇 번 맡아 본 냄새인데……."

인아는 제 옷에 코를 박았다. 인아에게서 나는 냄새는 아니었다. 인아가 혜주의 등에 얼굴을 파묻었다.

"너한테서 나는 거였네?"

"나 어제 씻었어! 오해하지 마."

혜주가 갑자기 앞을 향해 달렸다. 따라가 보니 그곳에 계곡이 있었다. 소라 껍데기를 귀에 가까이 대자 계곡에서 파도 소리가 났다.

"야, 여기 완전 시원해! 너도 들어와! 후회 안 할걸?"

순식간에 계곡물 안으로 들어간 혜주가 웃으며 두 팔을 마구 휘저었다. 물이 묻은 팔이 햇빛에 비쳐 반짝였다. 혜주는 인아 쪽으로 물을 튀겼다. 사방으로 튀는 물방울이 햇빛에 비쳐 반짝였다.

'…… 잠시만, 뭔가 이상한데?'

시야를 가리는 물방울을 닦아낸 인아가 눈을 깜빡여 초점을 되찾았다. 혜주는 오른팔, 왼팔 모두 붕대를 차고 있지 않았다.

"너 팔 붕대는 언제 풀었어?"

"아아, 그거? 그저께부터 안 했는데. 이제 별로 아프지도 않고, 상처도 다 아물었고, 계속 차고 있으니까 갑갑했거든."

"그래? 내가 미처 못 봤나 보다. 조금이라도 아프면 다시 하는 게 좋을 거야. 혹시 모르잖아, 상처가 다시……."

"왜 말을 하다가 관둬?"

계곡에서 나와 상의를 벗어 물기를 짜내며 혜주가 물었다. 그런 혜주의 어깨 너머로 계곡 끝이 보였다. 그곳엔 동굴이 있었다. 부족과 마을이 있는 동굴이. 그것을 멍하니 바라보다가 인아는 한 가지 생각이 떠올랐다.

"왜 나한테 거짓말을 해?"

인아가 혜주를 똑똑히 바라봤다. 믿기 힘들다는 듯, 믿을 수가 없다는 듯 인아의 동공이 흔들렸다. 빨간 인어와 나눴던 대화가 머릿속을 떠돌았다.

"겨우 팔이야. 팔은 네 친구도 다쳤던데."

"혜주? 네가 그걸 어떻게 알아?"

"알지. 만나 봤으니까."

"그게 무슨 소리야. 거짓말이라니, 날 의심하는 거라면……."

"붕대는 그저께부터 풀었고 상처도 다 아물었다면, 초면인 빨간 인어가 네가 팔을 다쳤다는 걸 알 수가 없잖아. 다리였다면 모를까."

"내가 그저께라고 했나? 미안해, 말실수야. 붕대를 푼건 오늘부터였어."

원래라면 그 말 한마디에 의심을 거두었을 텐데 강한 확신만 더해졌다. 인아는 화가 났다.

"날 속이려 드는 이유를 모르겠어. 빨간 인어랑 너랑 처음 보는 사이가 아니었잖아."

"또 그 얘기야? 네가 그걸 어떻게 아는데?"

"비늘이 떨어져 있었어. 빨간 인어의 환각 같은 게 아니었어. 내가 봤어. 빨간 인어가 지나다니는 곳엔 늘 그런 흔적이 있잖아."

"야, 정연화 너 정말……."

"그것만 이상한 게 아니야. 냄새도 빨간 인어랑 똑같았어. 그래, 그 피비린내!"

"우연일 수 있잖아. 어제도 빨간 인어를 만났으니까."

"냄새를 맡은 건 방금 전뿐만이 아니야. 네가 파란 인어를 잡고 나에게 오면서도 같은 냄새가 났어. 빨간 인어를 처음 만난 건 그 이후였잖아."

흔들리는 인아의 눈을 혜주는 마주 보지 못했다. 혜주는 침묵했다.

"빨간 인어가 어떻게 딱 네가 화장실로 사라질 때 환각을 사용한 건지 궁금했었어. 그리고 왜 너는 환각이 끝나고서야 절묘하게 내게로 왔는지도."

"……."

"게다가 넌 때마침 다른 하얀 인어를 잡았지? 우연이라기엔 너무 작위적이란 느낌 안 들어?"

네가 과연 그 정도의 실력이었을까? 인아가 말을 뱉으려다 잠시 머뭇거렸다. 자칫하면 혜주에게 상처가 될지 모르는 얘기였다. 잠시 고민하다가 목소리에 힘을 줬다.

"어젯밤에도 만나는 걸 봤어, 너랑 빨간 인어가."

확신할 수는 없는 말이었다. 무슨 말도 안 되는 소리냐는 대답이 돌아오길 인아는 기다렸다. 빨간 인어의 환각이라는 걸 혜주가 확인해 주길 속으로 빌었다.

"그 인기척이…… 너였어?"

인아의 마지막 희망이 갈기갈기 찢기고 짓밟혔다.

"너랑 빨간 인어, 서로 도와주는 관계였어?"

"……."

"그래서 서쪽 바다에 있었던 거야? 빨간 인어가 거래 장소를 알려 줬어?"

"어차피 너, 날 믿지 않잖아."

혜주는 인아를 노려봤다. 빨간 인어의 환각이 그대로 제 눈앞에 다시 재현된 것만 같았다. 다만 이번엔 환상이 만들어 낸 공허한 동공이 아닌 살기가 서려 있는 진짜 눈빛이었다.

*

결국 이 모든 일을 자초한 것은 정연화였다. 혜주는 빨간 인어와 처음 만난 날을 떠올렸다. 그날도 혜주는 여느

날처럼 정연화에게 무시를 당했다. 정연화는 혜주와 같은 팀을 하고 싶지 않다고 했다. 혜주가 모든 일을 망친다고. 심지어 자기 덕에 혜주가 월말 평가에서도 상위권에 들고, 좋은 평가를 받는다며 혜주와 자신을 팀으로 만든 소장에게 대들기까지 했다. 아무것도 하지 않아도 자신이 잡아 온 인어를 혜주가 도와준 것처럼 행세했다고. 거짓말은 아니었다. 그런 혜택이라도 없으면 누가 정연화와 친구를 하겠는가, 그것이 혜주의 생각이었다.

익숙한 일이지만 정연화에게 그런 취급을 받는 게 좋을 리 없었다. 혜주가 힘없이 걷고 있을 때 혜주 앞을 분홍빛 눈동자를 가진 누군가 막아섰다. 그 눈동자에 혜주는 위협을 느끼곤 양성소로 향하는 발걸음을 돌리려 했다.

"뭐야. 인어 사냥꾼이 인어를 보고 피해?"

그 말에 혜주가 황급히 작살을 꺼내 방아쇠를 당겼다. 하지만 아무리 당겨도 발사되지 않았다. 기이한 일이었다. 그물망을 꺼내려는 혜주를 빨간 인어가 무심하게 바라봤다. 혜주가 마른침을 삼켰다. 빨간 인어가 만들어 내는 독특한 분위기에 압도되었다.

"날 죽여 보라니까? 기회를 줘도 못 하네."

빨간 인어가 모래를 흩뿌렸고, 혜주의 시야가 가려졌다. 혜주는 중심을 잃고 넘어졌다. 한참을 몸부림치다 상반신을 일으켜 눈을 뜨니 길이 아니라 자신의 방이었다.

"넌 훌륭한 인어 사냥꾼이 될 인물이 아니야. 그건 내가 장담하지."

환각이었다. 빨간 인어의 능력은 익히 들어 알고 있었다. 정신을 똑바로 붙잡으려 숨을 깊이 들이켰다.

"내 말을 계속 무시할 속셈이야?"

빨간 인어는 혜주의 침대에 앉아 제 두 다리를 지느러미로 바꿨다. 우수수 비늘이 쏟아져 내렸다. 통증이 심할 것 같아 혜주는 절로 얼굴을 찌푸렸다.

"난 보시다시피 지금 꼴이 이래서 인어를 잡기엔 몸 상태가 그리 좋은 편은 아니야. 반면에 넌 실력은 형편없지만 건장하고, 또 건강하지. 내가 딱 원하는 몸이야. 정연화가 부럽지 않아? 가문도 빵빵하고, 실력도 좋고, 약점도 없잖아. 완벽하지."

혜주는 빨간 인어의 목소리를 듣지 않기 위해 귀를 틀어막았다. 하지만 목소리가 손을 뚫고 고막을 자극했다.

'나랑 정연화를 이간질시켜서 내 자리를 뺏으려고 하

나? 자기도 혜택을 받으려고? 흔들려서는 안 돼. 쟤는 하찮은 인어일 뿐이야.'

"제안을 하나 할게. 나랑 네가 서로 동맹을 맺으면, 너는 정연화를 뛰어넘을 만큼 대단한 인어 사냥꾼이 될 수 있을 거야."

혜주는 빨간 인어의 마지막 말에 귀에서 손을 뗐다. 그것이 빨간 인어와 혜주의 첫 만남이었다.

*

"빨간 인어, 걔는 인어면서도 같은 인어를 잘 죽이더라. 그래, 난 걔 도움을 받아서 가짜 하얀 인어를 잡은 거야. 하지만 그게 결과적으로 너한테 도움이 됐잖아."

인아는 기가 막혔다. 도움이란 단어로 배신을 포장하다니.

"그게 무슨 도움이야. 난 그딴 도움 바란 적도 없어. 게다가 넌 날 속였어."

"빨간 인어는 능력은 좋은데 불치병 때문에 시간이 갈수록 색이 변하고, 비늘이 떨어져 내려. 그런 애가 나한테 제안했어. 힘을 합치자고. 그러면 너만큼 강해질 수 있을 거라고."

그렇게 말하는 지혜주는 인아가 알고 있던 사람이 아니었다. 빨간 인어한테 완전히 홀린 듯 보였다.

"이제 빨간 인어가 아스타 피를 발라서 하얀 인어의 능력까지 얻는다면, 난 드디어 네가 없어도 모두에게 인정받을 수 있을 거야. 난 네가 없어도 충분히 대단해질 수 있다고. 이제 그때까지 기다리기만 하면……."

"정신 차려. 그런 일이 벌어질 리 없잖아."

"그게 무슨 소리야?"

"피를 발라도 하얀 인어의 능력을 얻을 수 없어."

혜주는 입을 다물고 그 말뜻을 헤아리기 위해 온 신경을 기울이는 듯 보였다. 그깟 미신 때문에 아스타마저 이용하려 한 혜주가 인아는 너무나 실망스러웠다. 갑자기 혜주가 다급하게 말했다.

"거짓말. 내가 그 말을 어떻게 믿어. 여태 속은 사람은 네가 아니라 난데."

"무슨 말을 하려는 건데?"

"어울리지 않게 착한 척 그만해. 실수 하나 없이 완벽한 사람인 척도."

인아를 향해 혜주가 다가왔다. 정연화의 금빛 눈동자를 똑똑히 마주하면서. 확신에 찬 듯 한 음절씩 끊어서 발음하는 것이 매섭게 느껴졌다.

"정연화 아니지, 너. 아니잖아. 누구야?"

'그걸 어떻게 알았지?'

"모르는 게 이상하지. 맨날 가차 없이 인어를 죽이던 정연화가 하루아침에 인어도 생명이다, 운운하고 내 사냥까지 방해하는데. 빨간 인어가 말해 줬어. 하얀 인어의 피를 정연화도 발랐을 거라고. 그렇게 얻은 힘으로 다른 사람과 몸을 바꾼 거잖아. 넌 정연화가 아니야. 내가 아는 정연화라면, 걔라면 이럴 리가 없어."

인아는 묵묵히 혜주를 바라볼 뿐이었다. 변명하기엔 늦은 것 같았다. 이래서 데려오지 않으려고 했는데. 인아는 혜주에게 등을 돌리고 홀로 동굴로 들어가려 했다. 하지만 혜주의 분노는 예상보다 훨씬 깊었다. 등을 돌린 것은 인아의 실수였다. 혜주는 망설임 없이 인아의 등을 밀쳤다. 인아는 균형을 잃고 넘어졌다.

"내가 널 놔줄 것 같아? 절대 못 가. 나만 혼란스럽게 만들고 도망칠 생각이야?”

혜주는 녹슨 작살을 꺼내 들었다. 그러곤 인아를 향해 내리찍었다. 재빨리 위협을 피한 인아의 눈에 혜주의 허점이 들어왔다. 인아는 발로 혜주의 옆구리를 힘껏 찼다. 혜주가 미끄러지며 쓰러졌다. 혜주의 분노가 진정되었기를 바라며 인아가 일어섰다. 하지만 혜주는 포기하지 않고 인아의 발목을 잡아당겼다. 통증을 느낄 새도 없이 혜주가 인아의 목을 잡고 눌렀다. 혜주는 있는 힘껏 손에 힘을 줬다. 인아는 정신이 혼미해지는 것을 느꼈다. 목적지인 동굴이 바로 코앞에 있는데도, 인아는 그 안으로 들어갈 수 없었다. 인아는 손을 뻗어 겨우겨우 소라 껍데기를 잡고 혜주의 팔을 쳤다. 내리치고 또 내리쳤다. 혜주의 손에 힘이 풀린 틈을 타 혜주의 머리를 겨냥했다.

인아는 쓰러진 혜주를 밀치고 일어나 헐떡이는 숨을 골랐다. 혜주가 몸을 일으키려고 하자 인아가 그녀의 위로 올라탔다. 그리고 혜주가 했던 대로 똑같이 혜주의 목에 손을 얹었다.

‘내가 뭘 하려는 거지. 인어를 죽이지도 못하는데, 지금 인간을 죽이겠다고?’

인아는 정신을 차리고 혜주의 목을 쥔 손에 힘을 풀었다. 인아가 혜주에게서 떨어지려는 순간 그 손을 혜주가 잡았다. 혜주는 그것을 다시 제 목으로 잡아끌었다. 혜주의 머리에서 흐르는 피에 인아는 간담이 서늘해졌다. 혜주가 소리쳤다.

"날 죽여. 네가 진짜 정연화라면 그 정도는 할 수 있잖아."

하지만 인아는 결코 정연화가 될 수 없었다. 혜주를 죽이는 건 불가능했다. 인아는 목을 조르는 대신, 마지막으로 그녀의 얼굴을 주먹으로 가격하고 일어나 지친 몸을 이끌고 동굴로 들어갔다. 터진 입술에서 나는 쇠 맛에 얼굴을 찌푸렸다. 정연화가 이제 정연화가 아니라는 걸 확실히 알았으니, 혜주도 더는 그녀를 따라오지 않을 것이었다.

*

깊숙한 동굴 끝에 무지갯빛으로 물든 작은 마을이 있었다. 아스타의 말이 맞았다. 인아는 천천히 마을을 향해 갔다. 하얀 인어의 향이 진득하게 몸에 달라붙는 느낌이었다. 사방이 온통 무지갯빛 안개로 희뿌옜다.

"누구시죠?"

머리에 두건을 쓴 한 젊은 청년이 자욱한 안개 속에서 나타났다.

"정연화입니다."

인아가 이름을 얘기하자 청년은 눈에 띄게 놀라더니 헐레벌떡 두건을 벗고는 옷에 손을 문질러 닦고 인아에게 악수를 청했다. 그가 당황한 표정으로 말했다.

"인어 사냥꾼 가문이 저희 부족을 찾아온 건…… 정말 오래간만이군요."

"제 가문을 대표해서 온 게 아니라 단지 여쭤볼 게 있어서 개인적으로 방문한 것입니다. 이곳에서 하얀 인어의 영혼이 담긴 소라 껍데기를 보관한다고 하던데요."

"네, 맞습니다. 하지만 그곳에 들어가려면, 특히 인어 사냥꾼 가문은…… 족장님을 먼저 만나야 합니다. 절 따라오시면 됩니다. 그나저나 그 백색 피부는……."

청년이 인아의 피부에 관심을 보였지만 인아는 제 팔뚝을 쓸어내릴 뿐 별다른 대꾸를 하지 않았다. 가려움이 사라지고 표피는 한층 더 단단해졌다. 신경 쓰이는 거라곤 남들과 달리 유독 눈에 띄는 창백한 피부색이 전부였다.

"이곳입니다."

아직 해가 지지 않았는데도 동굴 속이라 주위가 어두워 등불을 켠 청년이 길을 안내했다. 마을 중심부에 초라한 작은 초가가 있었다. 인아에게 들어가라며 청년이 낡은 나무문을 가리켰다. 문을 열자 벽면을 가득 채운 수납장이 보였다. 형형색색의 소라 껍데기와 따뜻한 향초가 진열되어 있었다. 엄숙한 분위기가 느껴졌다. 그 한가운데에 노인이 앉아 있었다.

"족장님, 정연화 씨가 만나 뵙고자 찾아오셨다고 합니다."

족장은 말이 없었다.

"먼저 앉아 계셔도 괜찮습니다."

청년이 속삭였다. 인아는 대담하게 걸어가 그 앞에 앉았다.

"저는 최근에 죽은 하얀 인어의 소라 껍데기를 보관한 장소에 가고자 이곳을 찾아왔습니다."

"넌 나가 보아라."

족장은 청년에게 나지막이 말했다. 청년은 고개를 꾸벅 숙이고는 나갔다.

"벌써 자네에겐 하얀 인어의 저주가 시작되었네. 아직 완전히 늦진 않았으나, 저주가 진행되고 있지."

그 말에 인아는 눈을 크게 떴다. 하얀 인어의 저주라니, 그 어디서도 들어본 적 없는 얘기였다. 게다가 저주가 진행되고 있다니.

"제가 저주에 걸렸단 말인가요? 무슨 저주가, 어떻게 걸린 거죠?"

인아가 물었다. 인아의 머릿속에 온갖 질문과 추측이 꼬리에 꼬리를 물었다. 인어가 있는 세계에 와 있는 것만으로도 벅찬데, 저주라니.

"진정하게. 아직은 저주를 풀 방도가 있다네."

"어떻게 저주를 풀 수 있죠? 게다가 어떤 저주에 걸린 건지……."

"자네의 몸을 보게. 비상식적으로 달라진 점이 있지 않나?"

"피부가 지나치게 하얘졌고 물속에서 숨을 쉴 수 있게 되었어요."

"저주가 시작되었다는 그 징조네. 그 저주는 하얀 인어를 죽였을 경우에 발동되지. 누구도 막을 수 없을 만큼 강력하다네. 자네는 하얀 인어가 되는 저주에 걸린 게야."

인아는 너무 놀라 말이 나오지 않았다. 믿기지 않았지만, 제 몸의 변화를 보면 그 말을 믿을 수밖엔 없었다.

"하얀 인어를 죽인 지 며칠이 지났는지 기억하고 있나?"

눈동자를 또르르 굴리는 것만이 인아가 할 수 있는 전부였다. 족장은 그 뜻을 헤아린다는 표정을 지었다.

"이해하네. 한순간에 다른 사람의 몸에 들어왔으니 아무것도 모르는 게 당연해."

인아는 족장의 통찰력에 놀랐다.

"살펴봐도 괜찮겠나?"

족장은 허락을 구한 후 인아의 팔을 확인했다. 병명을 파악하려는 명의처럼, 이리저리 살펴보곤 단언했다.

"진행 속도를 보아선 이제 80일 정도 지난 듯하군."

"제가 정연화가 아니라는 건 어떻게 아셨죠?"

인아는 용기 내어 족장에게 물었다.

"정연화는 항상 광기로 가득한 인물이었네. 힘겹게 이

곳까지 오는 것보단, 인어를 죽이는 걸 택했겠지."

"아아……."

"진짜 자네의 이름이 뭔가?"

"정인아입니다."

인아는 무릎 위로 공손히 손을 올려놓고 저도 모르게 간절한 목소리로 말했다.

"그렇다면 전…… 어떻게 해야 할까요?"

"하얀 인어를 부활시켜 고백할 생각인가?"

"네. 그럴 생각이에요."

"하얀 인어를 죽인 지 90일째가 되는 날, 딱 그 하루만 부활이 가능하네. 모든 하얀 인어의 혼은 우리가 소라 껍데기에 보관하고 있으니 분명 정연화가 죽인 인어 또한 찾아낼 수 있을 걸세."

"열흘 남짓 남았군요. 감사합니다. 그러면 소라 껍데기가 있는 장소는 어디죠?"

"길을 안내했던 그 청년이 도와줄 것이네. 나도 곧 따라가지."

*

청년이 안내한 곳엔 소라 껍데기가 가득했다. 이렇게 수많은 소라 껍데기 사이에서 정연화가 죽인 하얀 인어의 것을 어떻게 찾을 수 있을까. 도움을 청할 수 있을까 싶어 청년을 바라봤지만 그는 인아의 시선을 줄곧 모른 척했다.

향은 어떨까? 인아는 제 예민한 감각을 믿어 보기로 했다. 향으로 감별해 낼 수 있을지도 몰랐다. 정연화를 믿은 최초의 하얀 인어니까. 소라 껍데기를 코에 최대한 가까이 댔다. 청년이 그런 인아를 이상하게 바라봤다.

인아는 향이 유독 짙게 느껴지는 어느 칸 앞에 섰다.

"이 소라 껍데기는 어떻게 생각하나?"

어느새 다가온 족장이 주름진 손으로 인아가 주의 깊게 보던 칸의 중심부를 가리켰다. 족장의 말이라면 신뢰가 갔다.

"어떻게 아셨어요?"

"원망이 섞이면 향이 더 무거워지네."

인아는 가까이 가서 향을 맡았다. 분명하게 구분하기는 어려웠지만 여태 인지하지 못한 새로운 향이 느껴졌다.

원망, 그것 또한 향으로 표현이 가능한 걸까?

"남의 업보를 대신 처리해야 하는 운명인가 보군, 자네는."

족장은 안타깝다는 듯 인아를 건너다봤다. 인아는 손사래를 쳤다. 인아의 '운명'이라고 하기엔 이 모든 것이 정연화의 소행이었다.

"9일이네."

"네?"

"열흘이 아니라, 9일이 남은 것 같네."

정확한 날짜를 짚어 내려는 건 괜한 이유가 아니었다. 딱 하루만 부활할 수 있으니, 날짜를 착각하는 순간 어떤 결말이 제 앞에 찾아올지 몰랐다. 집으로 돌아가자마자 일기장을 다시 살펴봐야겠다고 인아는 생각했다.

"절대 날짜를 착각하지 말게."

"명심하겠습니다."

"실수하면 안 되네. 인어 사냥꾼으로 사는 건 물론이고, 그보다 더 큰 고난에 닥칠 걸세. 시간이 지나면서 인어의 저주가 자네 몸을 완전히 잠식할 테니."

그 말을 남긴 뒤 족장은 발길을 옮겼다. 긴장과 부담, 오싹함이 섞인 오묘한 감정을 느끼며, 인아는 가지런히 보관되어 있는 소라 껍데기를 바라봤다. 연화가 죽인, 그 하얀 인어의 혼이 바로 이 안에 담겨 있었다.

*

어느덧 족장이 말한 9일이 지났다. 인아는 고통스러운 나날을 보냈다. 몸에 나타나는 이상 증상들이 날이 갈수록 점점 심해졌다. 5일째 되는 날부터는 피부가 쩍쩍 갈라지는 듯한 통증으로 고통스러웠다. 정연화의 신체가 강인하다고 해도 통증을 참아 내기엔 역부족이었다. 게다가 피부에 반투명한 비늘이 생겨났다. 이제부터는 정신력 싸움이었다. 저항해 봤자 몸이 변한다는 사실은 달라지지 않았다. 인아는 정연화의 비밀 장소에 있는 어항에서 지내기로 결심했다.

어항에서 지내기로 한 건 피부 때문만이 아니었다. 이제 다리도 제대로 움직일 수 없었다. 두 다리로 서서 몇 발자국 떼는 것조차 무리였다. 인아는 부족이 사는 마을까지 어떻게 갈 수 있을지 걱정이었다. 혜주에게 부탁하고 싶어도 이제는 그럴 수가 없었다. 인아는 모든 것이 막막하게 느껴졌다.

'이러다 정말 인어로 변해 버리면 어쩌지? 그럼 다시는 원래 세상으로 돌아가지 못할 텐데.'

인어를 좋아하는 것과 인어가 되는 것은 전혀 다른 일이었다. 인어를 곁에서 지켜볼 때는 형용할 수 없는 아름다움을 느꼈지만, 제 몸에 비늘이 돋아날 때면 인아는 질겁했다.

제대로 걷지 못하는 두 다리로 부족이 사는 마을까지 걸을 수 있을지 걱정됐지만, 인아는 시도해 보기로 했다. 최대한 몸을 가리기 위해 챙이 넓은 모자와 손목까지 내려오는 긴 소매의 상의, 밑단이 바닥에 닿을 듯한 긴 바지를 입었다. 인아는 연습 삼아 아스타의 소라 껍데기를 들어 보았다. 팔에 힘이 들어가지 않았다. 인아는 밖으로 나가기 직전, 정연화의 일기장을 가방에 집어넣었다.

'괜찮아. 이 저주에서 벗어나면 모두 해결될 거야.'

인아는 스스로를 위로하며 천천히 걸음을 옮겼다.

마을에 다다른 인아는 쓰러질 듯 말 듯 위태로운 모습

이었다. 안개는 어느 때보다 짙게 내려앉아 있었다. 그 사이를 뚫고 족장이 나타났다.

"준비는 되었나?"

"조금만 쉬어도 괜찮을까요?"

"하지만 서두르는 게 좋아. 저주가 빠르게 진행되고 있으니. 곧 지느러미가 생길 것 같군."

"그런 섬뜩한 말 하지 마세요."

나무 의자에 몸을 뉜 인아가 거친 숨을 몰아쉬며 족장에게 물었다.

"고백을 어떻게 해야 할까요?"

"자네의 사정을 진실 되게 밝히면 된다네."

"하얀 인어가 제 말을 믿어 줄지 걱정이에요."

"하얀 인어의 힘으로 몸이 바뀐 이들은 극히 드물어. 하얀 인어의 힘을 얻기 위해 하얀 인어를 죽이지 않고 이미 죽은 하얀 인어를 부활시켜 용서를 구하는 길을 택한 이는 자네가 처음이야."

족장이 쓸쓸히 과거를 회상했다.

"역시 인어와 가장 우호적이었던 가문의 후예답군."

"예……?"

"나는 부족 간의 동맹에 대해 잘 알고 있네. 자네의 가문은 두 세계가 하나였을 때 인어를 가장 우호적으로 여긴 가문이었어. 어떻게 그런 가문이 정연화의 가문과 손을 잡았는지 자세한 내막은 밝혀지지 않았지만, 자네 가문에게도 지금 팔찌에 있는 문양이 똑같이 새겨진 물건이 있었을 걸세."

"아, 저한테 조개에 똑같은 문양이 새겨진 목걸이가 있었어요."

"그것을 부숴야 한다네. 그래야 다시는 정연화의 몸과 바뀔 일이 없을 테니."

그 말에 인아는 기뻐해야 할지, 슬퍼해야 할지 잠시 고민했다.

"어떻게 해서든 하얀 인어가 자네를 믿게 만들어야 하네. 그래야만 힘을 얻을 수 있을 테니. 힘내게."

족장이 유유히 자리를 떠나며 남긴 한마디가 인아에게 뿌리내렸던 두려움을 물리쳤다. 인아는 곧장 소라 껍데기가 보관된 장소로 걸어갔다. 자욱한 안개 사이를 천천히 나아갔다.

인아는 익숙한 장소에 닿았다. 당장 달려가 소라 껍데

기를 다시 확인하고픈 마음이었다. 줄줄이 진열된 저 많고 많은 소라 껍데기 중 단 하나. 정인아가 정연화로 어언 90일간 살았음을 증명하는 물건. 유리문 너머 보관되어 있는 소라 껍데기엔 흙먼지가 쌓여 있었다. 정연화가 죽인 하얀 인어의 혼, 그리고 정연화가 되어 버린 정인아. 단 둘만이 이곳에 있었다.

인아는 앞으론 온전히 제힘으로 해결해야 했다. 심호흡한 후, 정인아는 힘차게 진열장의 유리문을 열었다.

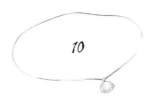

10

누군가의 비명에 정연화는 눈을 떴다. 그녀는 일어나 소리의 진원지로 향했다. 사방이 온통 물 범벅인 가운데, 하얀 인어가 있었다. 하얀 인어는 어항에서 탈출하려다 굴러떨어진 듯 널브러져 있었다. 하얀 인어의 저항에 연화는 웃음이 났다.

"누가 날 믿으랬어, 그러니까."

"이럴 거면 나한테 왜 그랬어?"

하얀 인어가 연화를 노려보며 말했다.

"왜 그랬겠어. 힘을 얻으려고 그랬지."

하얀 인어의 동공엔 정연화와 함께한 모든 시간이 마치 주마등처럼 스쳐 지나갔다. 본능적으로 죽음을 예감하기 시작한 건 언제부터였을까. 하얀 인어는 연화에게 사냥당한 뒤 누군가에게 팔려 갈 것이라 생각했지만 연화는 자신을 비밀 장소로 데려와 보살펴 주었다. 그래서 하얀 인어는 정연화를 믿게 되었다. 어항이 답답하다고 하면 간이침대를 만들어 옮겨 주고, 늘 부드러운 손길로 머리카락을 매만져 주고, 밤마다 외롭지 않게 곁에 있어 주었다. 하지만 그 모든 추억은 거짓에 불과했다.

"나를 죽일 거지. 그렇지?"

"왜 더 비참해지려고 그래."

"내 힘을 얻어서 어디에 쓰려고?"

"그건 네가 신경 쓸 일이 아니야."

그렇게 경고하며 연화는 하얀 인어의 이마에서 흘러내린 피를 닦아 냈다. 하얀 인어는 연화의 손길에 저항하지 못하며 말했다.

"너 이 지긋지긋한 세상을 떠나 다른 세계로 가고 싶은 거지?"

'쟤가 뭐라고 지껄이는 거지?'

연화는 인어의 흉부를 향하던 작살을 멈췄다. 하얀 인어는 연화와 눈을 맞췄다. 그 눈동자가 연화의 마음속을 꿰뚫어 보는 듯했다.

"다른 세계?"

"네가 진짜 원하는 게 뭔지 모르는 것 같아서 알려 주려고."

이 순간을 모면하기 위한 하얀 인어의 속임수일지 모른다고 생각하면서도, 연화는 뭔가에 홀린 듯 인어에게서 눈길을 뗄 수 없었다.

"그게 뭔데? 말하면 살려 줄지도 모르지."

"넌 그 팔찌를 자랑스럽게 끼고 다니는구나."

"뭐, 이거?"

정연화는 희고 단단한 손목에 채워진 팔찌를 무심히 내려다봤다.

"그게 무슨 상관인데?"

하얀 인어가 곧장 대답하지 않자 연화는 조바심이 났다. 협박이라도 하려는 건가 싶어 슬슬 화가 나려던 찰나였다.

"하얀 인어의 능력은 단순하지 않아"

그때 무언가 연화의 얼굴을 가격했다. 하얀 인어가 연화를 밀치고 현관문이 있는 쪽을 향해 사력을 다해 기어가고 있었다. 연화는 피로 범벅된 코를 손으로 막으며 인어의 뒤를 따랐다. 현관문을 두드리며 하얀 인어가 괴성을 질렀다.

연화는 하얀 인어의 목에 어느새 작살을 겨누고 있었다. 하얀 인어는 수정 같은 눈물을 흘렸다. 강한 파도에 휩싸여도 절대 흔들리지 않을 것처럼 강하게 연화의 눈을 들여다봤다. 마지막 저항이었다. 인어가 한 어절씩 천천히 내뱉었다.

"난 경고했어. 우리 인어들의 힘은 정연화, 네가 생각하는 것보다 더 무궁무진해. 그리고 반드시 대가가 따를……"

작살이 하얀 인어를 향해 내리꽂혔다. 한 번, 두 번, 세 번……. 짧은 숨을 뱉어내고는 생명의 기운이 인어의 몸에서 빠져나갔다. 하얀 인어는 죽었다. 이윽고, 인어는 너를 보았다.

*

　대강 물만 적시다 만 머리카락을 수건으로 털어 냈다. 정연화는 마음 한편이 언짢았다. 팔찌의 조개에서 계속해서 빛이 났다. 무엇을 의미하는지 도무지 알 수 없었다. 하얀 인어는 봉투에 싸서 그저 숲에 버리면 그만이었다. 인어가 그런 식으로 버려지는 건 흔한 일이었으니까. 하지만 팔찌에서 갑자기 빛이 나는 일은 흔하지 않았다.

　"뭐야, 이제 꺼졌네."

　조개에서 마침내 빛이 사라졌다. 여전히 의문은 해소되지 않았다. 연화는 하얀 인어를 죽이고 얻은 힘으로 무엇을 할지 아직 결정하지 못했다. 하지만 연화는 자신도 모르는 사이에 이미 소원을 빌었다. 조종당하는 꼭두각시처럼.

　'다른 세계의 사람과 몸을 바꿀래.'

　이 지긋지긋한 곳에서 벗어나는 거야, 나 자신에게서도. 핏물을 닦으며 연화가 웃었다. 미친 듯이 폭소를 터뜨렸다. 그때 눈에 작살이 들어왔다. 연화는 팔찌를 거칠게 잡아 풀어 작살 손잡이의 빈틈으로 집어넣어 감췄다. 이 세계와의 연결을 끊기 위해서였다.

＊

쨍그랑!

인아는 소라 껍데기를 힘껏 바닥에 내던졌다. 소라 껍데기는 산산이 조각났다.

'내가 지금 본 게 정연화의 기억인가?'

하얀 인어의 살아생전 마지막 장면이 포함된 기억. 직접 경험하고픈 생각은 없었는데, 일기로 전해졌던 것보다 현실은 훨씬 더 참혹했다. 덜컥 겁이 났다. 그렇게 자신을 죽인 연화의 모습을 한 나의 말을 하얀 인어가 믿어 줄까.

그때 소라 껍데기의 파편들이 한데 모이며 어떤 형체를 만들었다. 그 크기가 점점 커져 모양을 드러냈다. 그 광경을 홀린 듯이 감상하던 인아는 한 가지 사실을 알아챘다. 하얀색이 아니었다. 눈을 감으면 마주할 수 있는 그런 흑색. 난생처음 마주한, 까맣게 물든 인어. 인아가 깨운 게 바로 그것이었다.

검은 인어는 눈물만 줄줄 흘렸다. 그 눈물은 검은 잉크처럼 새카맸다. 닿는 순간 몸에서 떨어지지 않을 것처럼 끈적해 보였다. 인아는 힘겹게 마음을 가다듬었다. 그저 진심으로 진실을 말해 보기로 결심했다. 인어에게 털어놓아야 한다. 그렇게 마음을 다잡는 동안 인어는 인아를 향해 천천히 몸을 움직였다. 검은 인어는 무어라고 웅얼댔지만 입에서도 검은 물이 흘러나와 제대로 들리지 않았다. 인어의 분노가 느껴졌다. 인어는 연화를 죽일 듯이 원망하고 있으리라. 제 목을 향해 다가오는 인어의 손을 피해 인아가 뒷걸음질 쳤다.

"난 정연화가 아니라 정인아야. 걔랑 단지 몸이 바뀌었을 뿐이라고."

"정말 그렇게 됐구나. 자책하지 마. 내가 걜…… 그렇게 만들었거든."

눈을 끔뻑이며 느릿하게 인어가 말했다. 눈물이 천천히 메말라 사라졌다. 입에서 흐르던 검은 물도 사라졌다. 아스타의 것처럼 아름다운 목소리가 검은 인어의 입에서 흘러나왔다. 다른 건 오직 색깔뿐이었다. 검은 인어의 말에서, 인아는 이해가 되지 않는 부분을 짚어 냈다.

"그게 무슨 소리야? 네가 걔를 그렇게 만들었다니?"

"어떻게 해서든 정연화와 너의 몸을 바꿔야 했어……. 그래야, 내가 다시 살아날 가능성이 생기니까."

'다시 살아날 가능성'이라는 말이 인아의 심장을 쿡쿡 찌르는 듯했다. 정연화가, 이 몸이, 눈앞의 인어를 죽였다는 것이 실감이 갔다. 검은 인어가 이어서 말했다.

"정연화는 저주가 시작되었다는 걸 알았어도 절대 날 부활시킬 생각 같은 건 하지 못했을 거야. 혼란스러운 나머지 다른 인어를 더 죽였다면 모를까."

"어떻게 유도한 거야? 소라 껍데기를 통해 본 기억에선 네가 정연화를 설득한 것처럼 보이진 않았는데⋯⋯."

"하얀 인어는 상상 이외의 일들을 할 수 있거든."

검은 인어가 인아를 빤히 바라봤다. 곧 손가락으로 왼쪽을 가리키자 인아는 그 손가락의 움직임에 따라 걸어갔다. 인어가 몸을 조종하는 게 아니라 인아 자신이 왼쪽으로 가고 싶은 충동이 들었다. 단순히 그렇게 움직이고 싶다는 욕구가 느껴졌던 것이다. 어떻게 이게 가능하지? 숨을 꾹 참으며 움직이고픈 자극을 억제하니 다리가 서서히 멈췄다. 인아는 놀란 눈으로 검은 인어를 바라봤다. 인어가 차분한 목소리로 말했다.

"상대방의 눈동자를 뚫어져라 쳐다보면, 그 사람이 무언가를 하고 싶다는 충동을 만들 수 있어."

"그렇다면…… 정연화가 널 죽이지 못하게 할 수도 있었던 거 아니야?"

"단, 그 사람의 의지가 너무 강해 제어할 수 없을 경우엔 소용이 없지. 좀 전에 네가 네 의지대로 충동을 억제했을 때처럼 말이야. 내가 할 수 있는 건 그뿐이었어. 다른 세계로 가고자 하는 충동만 작게 일으키는 것."

검은 인어의 마지막 말에 인아는 고개를 숙였다.

"너를 끌어들인 건 미안해. 하지만 난, 죽고 싶지 않았어. 그 누가 아무런 저항도 못 해 보고 죽고 싶겠어?"

"계획은 어찌 되었든 성공했네. 그렇지만 내가 널 부활시킨 데엔 또 다른 이유가 있어."

이제 목적을 밝히면 되는 걸까. 인아는 긴장을 잠재우기 위해 잠깐 숨을 멈췄다 입을 열었다.

"너에게 내가 아는 모든 것을 고백하면, 내 원래 몸으로 돌아갈 수 있다고 들었어."

"……."

"그래서 여기까지 온 거야. 너를 만나기 위해서."

인아는 자신의 진실한 마음이 잘 전해졌을지 걱정되어 급하게 덧붙였다.

"나는 내 원래 세계로 돌아가고 싶어. 그게 전부야."

"같은 사람을 또 한 번 믿어야 하는 상황이네."

검은 인어의 그 말에 인아는 긴장하지 않을 수 없었다.

"겉모습만 같을 뿐이야. 너도 알다시피 나는 정연화가 아니야."

인아가 말하자 검은 인어가 의심스러운 눈초리로 인아를 바라봤다.

"난 정연화를 믿다가 죽었어. 내가 같은 실수를 또 하는 거라면 어떡해?"

"이번 기회가 없어진다면 인어를 죽이는 것 외엔 마땅한 방법이 없어. 그게 모두에게 해가 되는 일이라는 건 누구보다 네가 잘 알잖아."

"정연화가 다시 날 죽이면? 네가 그쪽 세계로 가면, 당연히 정연화는 이쪽으로 돌아와."

"그러지 못해. 네가 저주를 내렸으니까. 걷는 것도 간신히 하는데 이 몸으로 누군가를 죽이는 건 불가능해. 시도는 할지 몰라도 충분히 제압할 수 있을 거야."

인아는 긴 바지를 무릎까지 걷어 올렸다. 대화하는 와중에도 저주가 진행되어 이제 비늘이 다리를 감쌌고 지느러미의 형태를 띠기 시작했다.

"네가…… 정연화일 수도 있잖아. 저주를 피하기 위해 다른 사람인 양 행세해서 다른 세계로 가려는 거라면. 정연화라면 충분히 가능해."

연화에 대한 배신감이 대단했는지 검은 인어는 의심을 멈추지 않았다. 말로만 정연화가 아니라고 설득하는 건 충분치 않았다. 검은 인어가 믿을 수 있는 증거가 필요했다.

"혹시 아스타 알아? 내가 이 세계에 와서 친해진 하얀 인어야."

"걔를 죽인 건 아니고?"

"당연히 아니지. 아스타가 말해 줬어. 정연화가 죽인 하얀 인어가 자기가 아는 인어일지도 모른다고."

검은 인어는 심하게 동요했다. 당장 쐐기를 박아야 했다. 인아가 소리쳤다.

"내가 정연화라면 아스타 이름을 알고 있겠어? 너랑 아스타의 관계는 또 어떻게 알고?"

"그만, 그만해! 이미 마음은 정했으니까."

검은 인어가 말했다. 인아는 검은 인어와 눈을 마주 보며 조용히 답을 기다렸다. 침묵이 길어지면 길어질수록 숨통이 조여 왔다.

"미안하지만, 저주는 풀지 못해. 넌 진짜 정연화가 아니니까. 저주를 시작하는 것도 끝내는 것도, 오로지 정연화가 해야 해."

불가능한 일에 매달렸던 걸까? 인아가 털썩 주저앉았다. 절벽에서 아스타에게 떠밀려 추락했을 때도 느끼지 못했던 무기력함이 느껴졌다.

"그렇지만…… 원래 세계로 널 돌려보내 줄 수는 있어."

인아는 새로 샘솟는 희망을 발견하고는 검은 인어를 바라봤다. 예상치 못한 말이 심장 깊숙이 파고들었다.

"정말이야?"

"정연화가 이례 없이 하얀 인어를 죽여 세상을 바꾸었으니, 나도 이례 없는 결정을 해야겠지."

허무함에 빠졌던 인아의 눈동자가 기대로 반짝였다. 검은 인어가 숨을 들이쉬고 허공 속 무언가를 잡는 듯한 손짓을 하자 팔찌에서 강렬한 빛이 뿜어져 나왔다.

"나, 딱 한 가지 일만 하고 가도 괜찮을까?"

"좋아. 그렇지만 서둘러."

인아는 가방에서 일기장을 꺼내 빈 페이지를 펼쳤다.

인아는 일기장에 꽂혀 있던 볼펜으로 마구 글을 썼다. 그리고 마지막 문장을 쓴 뒤 페이지를 덮고 일기장을 도로 가방에 집어넣었다.

"고마워. 어떻게 보답해야 좋을지 모르겠다."

"네가 날 살려 줬잖아. 그거면 됐어."

"잘 있어."

작별 인사가 반가웠다. 인아의 주변은 밝은 햇살에 저물어 갔다. 점점 몽롱해져 가는 의식이 달콤한 꿈만 같았다. 눈이 감겼다. 꿈결이 자아낸 노곤함 사이로, 인어는 너를 보았다.

*

인아는 몸을 일으켰다. 몸이 가볍고, 몸짓 또한 부드러웠다. 비늘이 돋아나지도, 다리가 굳지도 않은 몸. 꽤나 오랜만에 마주한 거지만, 잘 알고 있는 익숙한 몸이었다.

"이제야 돌아왔어."

모든 게 끝났다는 안도감에 인아는 다시 주저앉아 두 손으로 얼굴을 감쌌다. 현실 감각이 돌아오자 인아는 천천히 주변을 둘러봤다. 인아의 방이었다. 깔끔하게 정돈된 침구에, 열 맞춰 책장에 꽂힌 문제집, 다림질한 듯 각이 잡힌 교복. 무언가 많이 달라졌지만 이곳은 분명 인아의 방이 맞았다.

침대 옆에 놓인 거울로 인아가 제 모습을 확인했다. 전과 달리 안경을 끼고 있었다. 연화의 날카로운 얼굴과 달리 부드러운 선을 가진 본래 제 얼굴이 참 그리웠었다. 그런데 정연화의 소행인지 머리가 검은색으로 염색되어 있었다. 아무렴 어때. 이제 정연화의 사슬에서 벗어났는데.

인아는 여유롭게 제 방을 다시 살폈다. 책상에 펼쳐진 교과서는 필기가 잔뜩 적혀 있었다.

'그러고 보니 난 방을 청소한 적도, 교복을 다린 적도 없는데.'

정연화가 이 모든 것을 했다니 놀라웠다. 연화 또한, 그녀 자신만의 방식으로 인아의 몸으로 잘 살아 보려 노력했단 뜻이니, 무척이나 의외였다. 인아는 은연중에 연화가 자신의 삶을 전부 무너뜨릴 것이라고 생각했기 때문이었다.

'정연화는 정말 새 삶을 시작하고 싶었던 건가.'

인아는 자신의 목에서 익숙한 액세서리를 발견했다. 조개 목걸이. 인아는 그걸 보자마자 서둘러 목에서 빼냈다. 조개 안쪽엔 연화의 팔찌에서도 보았던 문양이 선명하게 그려져 있었다.

"그것을 부숴야 한다네. 그래야, 다시는 정연화의 몸으로 돌아갈 일이 없을 테니."

족장의 말이 머릿속에 울렸다. 인아는 가차 없이 목걸이를 내동댕이쳤다. 소라 껍데기를 깨뜨렸던 것과 같이 망설이지 않았다. 그러고 나서 온 힘을 다해 발로 목걸이를 으스러뜨렸다. 계속해서 지니고 있다간 언제 연화가 또 몸을 바꾸려 할지 몰랐다.

의문은 여전히 머릿속을 떠다녔지만, 인아는 이제 다 끝났다는 사실에 안도감을 느꼈다. 그녀는 인어가 있는 세계로 다시는 가지 못할 것이고, 다시 연화와 몸이 바뀔 일은 더더욱 없을 게 분명했다. 심장이 저릿해질 정도로 개운했다. 아스타, 버베나, 빨간 인어, 소장, 족장 그리고 혜주…… 몸이 바뀌지 않았다면 만나지도 못했을 이들과 적지 않은 시간 동안 함께했단 건 분명히 특별한 경험이었다.

정연화도 잘 살겠지. 내가 일기장에 남긴 메모를 꼭 읽어 줬으면 좋겠는데. 완전히 부서진 목걸이를 보며 인아가 생각했다.

*

"그러게 누가 날 죽이랬어?"

정연화는 정신을 차리자마자 사태를 파악했다. 빌어먹을 정인아. 기껏 쟁취한 새로운 삶을 만끽하고 있었는데, 그걸 방해하다니. 연화는 흙먼지를 뒤집어쓰고도 아랑곳하지 않고 상반신을 꼿꼿하게 세웠다. 검은 인어가 연화를 내려다봤다. 검은 인어는 사냥한 적이 없는데, 검은 인어의 얼굴을 곰곰이 뜯어보다가 연화는 그제야 정체를 알아챘다. 자신이 죽였던 하얀 인어의 눈빛과 같은 그 눈빛을 보니 떠올랐던 것이다. 연화가 입을 열었다.

"넌 내가 죽인 하얀 인어잖아. 어떻게 검은 인어가 되어 다시 살아난 거지?"

"지금 그게 중요한 게 아닐 텐데. 저주에 걸린 네 모습을 봐."

연화는 자꾸만 흐려지는 눈을 비볐다. 저주로 잘 움직이지 않는 다리는 인어를 사냥하기 적합하지 않았다. 하지만 연화는 당장 검은 인어를 다시 죽여 정인아의 몸으로 돌아가고 싶었다.

"정인아가 내 몸에 무슨 짓을 한 거야?"

"걘 아무것도 하지 않았어. 네가 날 죽여서 저주에 걸린 거야."

"그렇다면 지금 널 다시 죽여야겠네."

연화는 인아가 남겨 두고 간 소지품을 뒤적였다. 물, 구급상자, 팔찌, 일기장뿐이었다. 연화가 찾는 사냥 도구는 없었다. 연화는 저도 모르게 중얼거렸다.

"정인아는 작살도 들고 다니지 않았던 거야?"

"인아한테 그런 건 필요 없어. 걘 인어를 죽이지 않으니까."

"인어를 죽이지 않고 어떻게 걔가 몸을 바꾼 거지? 다른 세계 사람은 원하는 대로 몸을 획획 바꾸는 능력이라도 있나?"

"적어도 정인아는 너보다 똑똑한 것 같네."

그게 무슨 뜻인지 묻듯이 정연화가 검은 인어를 바라

보다가 다시 쓸만한 물건이 없는지 살펴봤다. 그러다가 일기장에 볼펜이 꽂혀 있는 것을 발견했다. 페이지를 펼치니 인아가 남겨 놓은 듯한 글이 쓰여 있었다. '정연화에게.' 연화는 그 페이지를 찢어 일기장과 함께 가방에 넣고 구급상자를 열어 그 안에 있던 가위를 꺼냈다. 검은 인어가 말했다.

"하얀 인어를 죽이는 것만이 세계를 바꿀 수 있는 유일한 방법은 아니야."

"아아, 그래?"

"다른 방법이 궁금하지 않아?"

"딱히. 나는 내가 아는 방법 하나로도 족해."

연화는 망설임 없이 검은 인어에게 달려들어 그녀를 쓰러뜨리고 그 위에 올라탔다. 그러고는 가윗날을 목에 갖다 댔다. 연화가 말했다.

"나한텐 이 방법이 제일 잘 어울려서."

뜻대로 움직이지 않는 다리가 맘에 들지 않았으나 손은 움직일 수 있었다.

"아직도 모르겠어? 넌 과거의 네가 아니래도."

검은 인어가 그렇게 말하곤 연화의 손목을 떼어 내려

했다. 연화는 그것을 부질없는 반항이라고 여겼으나 어찌된 영문인지 팔에 힘이 들어가지 않았다. 인어와 닿은 피부를 따라 비늘이 돋아났다.

'지금 인어에게 제압당한 거야? 인어 사냥꾼인 내가?'

"이젠 내가 널 죽일지도 몰라."

검은 인어가 말하고는 가위를 튕겨 냈다. 동시에 밀쳐진 연화도 바닥으로 나가떨어졌다. 연화는 헛웃음이 나왔다. 가윗날에 손바닥이 크게 베여 피가 뚝뚝 떨어졌다.

"넌 멍청해. 항상 자만하더니 결국 이런 결말이구나."

검은 인어가 연화에게 소리쳤다. 연화는 계속해서 헛웃음을 지었다. 듣기 싫은 말만 내뱉는 검은 인어를 가위로 찌르고 싶었다.

"넌 불완전해. 네 몸을 봐. 인어도 아니고, 인간도 아니지. 넌 영원토록 남들보다 배로 약한 인생을 살게 될 거야. 신체적으로든, 정신적으로든."

검은 인어가 다시 한번, 정연화의 눈을 꿰뚫듯이 바라봤다. 연화에게 급작스러운 충동이 일었다. 도망치고 싶다는 충동. 머릿속은 혼란스러웠고 두려움이 밀려왔다. 제 몸으로 돌아왔지만, 연화는 자기 자신이 아닌 것 같았다.

연화는 눈치채지 못했지만, 그녀의 팔을 장식하던 조개 팔찌는 아주 희미한 빛마저도 잃었다. 더는 이 모든 상황을 돌이킬 수 없음을 증명하듯이.

11

검은 인어에게서 도망쳐 연화가 멈춘 곳은 마을 주위를 둘러싼 강이었다. 연화는 강으로 몸을 던졌다. 수영하는 것이 땅 위를 걷는 것보다 훨씬 편할 것 같았다. 피부가 쩍 쩍 갈라진 연화의 몸은 끔찍하고, 형편없었다.

연화가 가진 건 무거운 몸뚱이와 가방 속 소지품이 전부였다. 연화는 물속에 잠긴 채 팔을 뻗어 가방에서 구급상자를 꺼내 거꾸로 들었다. 땅 위로 안에 든 물건을 모두 쏟아 내도 흉기로 쓸 만한 것들은 보이지 않았다. 가방을 탈탈 털어도 정인아가 남긴 글이 적힌 종이만이 나풀거릴

뿐이었다. 연화는 그 종이를 들었다. 급하게 휘갈겨 쓴 듯한 문장이 적혀 있었다.

저주를 풀기 위해선 네가 직접 부활한 인어에게 죽인 사실과 그 까닭을 진실되게 고백해야 해. 지금이라도 늦지 않았어. 다른 세계의 사람이 되고자 하지 말고, 너의 삶을 살아.

"그 저주가 뭔데."

정연화는 실소를 터뜨렸다. 그러고는 종이를 물에 빠뜨리고는 피가 멈추지 않는 제 손바닥을 바라봤다. 굳어 가는 다리와 비늘이 솟아난 팔뚝도.

"넌 불완전해. 인어도 아니고, 인간도 아니지. 그래서 남들보다 배로 약해. 신체적으로든, 정신적으로든."

검은 인어의 목소리를 떠올리다가 연화는 중얼거렸다.

"설마 내가 하얀 인어로 변한다는 소리는 아니겠지."

생각이 거기까지 닿자 분노가 치솟았다. 내가 인어가 된다고? 그 하찮은 인어가? 그럴 바엔 차라리 혀를 깨물

222

고 죽는 편이 낫겠어. 강한 반발심이 일었다. 도살자가 하루아침에 소, 돼지로 변하는 것과 다를 게 뭐가 있는가. 당장 제 인어 사냥꾼 동료에게 죽임을 당할지도 모르는데. 그때 느릿한 발걸음 소리가 들렸다. 적어도 검은 인어는 아닌 것 같았다. 이 마을 사람인가. 가방을 수풀 뒤에 숨기고 깊숙이 잠수해 강의 흐름을 따라 이동했다. 발가락 사이사이가 붙어 버린 것 같았다. 어쩌면 정말로, 그렇게 됐을지도 몰랐다.

이 정도면 꽤나 멀리까지 헤엄쳤겠지. 연화는 저도 모르게 자연스럽게 물 안에서 호흡했다. 한참을 그러고 있다가 물 밖으로 고개를 내밀었다. 바로 눈앞에 노인이 있었다. 연화는 이를 꽉 깨물었다. 인간에게든 인어에게든, 연화는 자신이 환영받지 못할 존재라는 것을 잘 알았다.

"몸은 잘 바꿨나?"

정인아에게 하는 말인가? 정연화는 표정을 바꿨다. 정인아였으면 뭐라고 대답했을까.

"그게…… 잘되지 않아서요."

"죽은 인어를 부활은 시킨 것 같네만, 사정을 진실하게 고백하지 않은 겐가?"

"절 정연화라고 착각하더라고요. 검은 인어가 갑자기 절 죽이려고 하는 바람에……."

"고백할 기회가 없었다는 말이군. 괜찮네. 아직 그 장소에 그대로 있으니 다시 찾아가서 털어놓을 수 있을 게야."

연화는 알겠다는 듯 고개를 끄덕였다.

'정인아는 참 좋았겠네. 자길 도와주는 사람도 한 명 곁에 두고 말이야.'

"자네답지 않게 행동이나 말투가 어색한 것 같네. 긴장했나? 이 상태로 고백했다간 분명 성공하지 못할 걸세."

"그럼…… 어떻게 하죠?"

"날 따라오게."

연화는 물 밖으로 나와 절뚝대는 걸음으로 노인을 간신히 따라갔다. 노인은 연화가 제 뒤를 잘 따라오는지 여러 번 확인했다. 의심 많은 노인네. 곧이어 청년 하나가 따라붙었다. 청년은 노인을 '족장님'이라고 불렀다.

'아, 이 노인이 바로 마을의 족장인가 보네.'

꼬리에 꼬리를 무는 추측들은 어렴풋하게 남아 있는 기억으로 연결되었다. 가장 쓸모없는 부족, 죽은 하얀 인어를 추모하기 위해 그 혼을 소라 껍데기에 보관하는 소름

끼치는 사람들. 항상 연화 가문의 인어 사냥에 반대했던 이들. 연화가 그들을 불러 세웠다.

"혹시 작살 가지고 계신 거 있으세요?"

*

노인은 허름한 집으로 연화를 데리고 갔다. 노인이 나무 바닥을 확인하더니 그중 하나를 열어 작살을 꺼냈다. 그리고 연화에게 건넸다. 그때 잠자코 뒤에 서 있던 청년이 반대하고 나섰다.

"족장님, 인어 사냥꾼에게 작살을 준다니요. 저희는 인어를 보호해야 하는 사람들입니다."

"진정해라. 어차피 인어를 죽이는 데 사용할 작살이 아니니. 잠시 바람이라도 쐬고 오거라. 그 이후에 얘기하자."

"족장님은 지금 큰 실수를 하시는 겁니다."

청년은 씩씩거리며 자리를 박차고 나갔다.

"정말 저에게 작살을 내주실 줄은 몰랐어요."

"가는 길은 편안해야 하지 않겠는가."

연화는 마지막 말의 뜻은 알아듣지 못했다. 인어 사냥꾼에게 작살을 내주다니, 그만큼 정인아에 대한 족장의 신뢰가 컸다는 확신이 들어 점점 기분이 나빠졌다. 자신은 온갖 고생을 해서 하얀 인어 한 마리가 겨우 자신을 신뢰하게 만들었는데, 인아는 검은 인어도, 족장도 모두 제 편으로 만들어 놓았으니 말이다.

"그렇다면 이제 도와주세요. 어떻게 해야 몸을 바꿀 수 있을까요?"

"우선 하얀 인어에게 고백을……."

"그딴 방법만 있는 건 아닐 거잖아요."

족장은 당황하지 않았다. 다만 입을 꾹 닫을 뿐이었다.

"용서를 받는 건 차선책이고, 최선책을 찾고 싶어요."

"아득히 먼 옛날, 세상이 원래 하나였다는 걸 알고 있나?"

"모르죠. 저는 원래 이 세계 사람이 아니잖아요."

연화는 인아인 척하기 위해 필사적으로 애쓰며 말했다.

"세상이 하나였을 때, 인간과 인어는 공존했지. 하지만 한 인간이 인어를 죽였다네, 그것도 하얀 인어를. 그 사건을 계기로 세상은 둘로 나뉘었지. 인어가 있는 세계와, 아예 인어의 존재를 찾을 수 없는 세계로."

"그러면…… 정연화의 세계는 전자고 제가 사는 세계가 후자겠네요?"

헷갈려선 안 된다. 정연화는 지금 정인아다. 그래, 정인아처럼 행동하고 말해야만 한다. 연화는 정인아의 세계에서 인어를 발견하지 못했다. 그 점이 마음에 들었다. 인어가 없다는 건 더 이상 인어를 죽이지 않아도 된다는 뜻이었다. 연화의 가문은 연화가 걸음마를 떼기 시작했을 때부터 인어를 죽이는 살해 병기로 개조하고 싶어 했다. 연화도 그게 싫지만은 않았다. 인어를 죽이면서 희열을 느끼곤 했으니까 말이다. 보통 사람들과 마찬가지로, 연화는 자신을 좋은 사람이라고 생각하지 않았다. 자신의 순수한 악랄함에 놀랄 때도 있었다. 그래서 다른 세계의 다른 사람이 되어 새로운 삶을 살고 싶었다. 평화로운 정인아의 세계에서 평범하게 살아가고 싶었던 것이다.

"하얀 인어를 살해한 자는 자취를 감추었지만, 그의 후손들은 인어가 있는 세계에 살면서 인어를 죽이는 기술을 갈고 닦아 능통해졌지."

여기서부턴 연화도 처음 듣는 내용이었다. 아무도 연화

에게 이런 이야기를 해 주지 않았다. 인어를 죽인 최초의 인간은 혼자서 죄를 뉘우치다가 쓸쓸히 끝을 맞이했다고 모두가 입을 모아 말했던 것이다.

"그의 후손들은 인어 사냥꾼이 되었지만 하얀 인어의 저주가 두려워 아무리 많은 다른 인어를 죽여도 하얀 인어는 죽이지 않았네. 그러나 시간이 흐르고 후손 중 한 사람이 또다시 하얀 인어를 죽이는 일이 일어났네."

"그래서, 그 사람은 어떻게 됐죠?"

족장이 한참 뜸을 들이자 연화가 재촉했다.

"하얀 인어의 저주가 시작되었지. 점점 저주가 몸을 잠식하고, 결국엔 그 사람에겐 두 가지 선택지가 주어졌네."

"……."

"인어에게 죄를 고백하여 저주를 푸느냐, 가능성이 희박해도 인어를 죽여 몸을 바꾸느냐."

정연화가 작살을 움켜쥐었다. 노인은 꿋꿋이 말을 이었다.

"그 사람이 바로 정연화, 자네라네."

＊

정연화는 포기를 몰랐다. 저주로 인해 하얀 인어로 변해 가고 있는 지금, 다시 정인아의 몸과 바꾸어야만 자신이 살 수 있기에 발끝이 굳어도 땅으로 거세게 발을 딛었다. 하얗게 변해 가는 두 눈을 부릅떴다.

저주를 풀기 위해선 네가 직접 부활한 인어에게 죽인 사실과 그 까닭을 진실되게 고백해야 해. 지금이라도 늦지 않았어. 다른 세계의 사람이 되고자 하지 말고, 너의 삶을 살아.

그런 초라한 몇 문장에 마음이 바뀐다면, 정연화는 여태까지의 삶을 부정하는 것이 된다. 연화는 검은 인어의 저주 따위는 두렵지 않았다. 자신은 인어 사냥꾼이지, 인어를 두려워하는 사람이 아니라고 믿었다.

"여기 있었네?"

마침내 검은 인어를 발견한 연화가 소리쳤다. 연화는 무거운 작살을 들기 버거워 나무로 만든 창을 들고 있었다. 연화는 자신이 인어에 의해 죽을 수도 있다는 생각은 단 한 번도 한 적이 없었다. 인어가 말했다.

"내가 했던 말 기억 안 나? 넌 이미 신체적으로도, 정신적으로도 약해진 상태라니까."

"어쩔 수 없지. 그러면 가만히 앉아서 인어가 되길 기다리라고? 난 너 같은 건 되기 싫거든."

몸이 제 뜻대로 움직이지 않으니 연화는 차라리 도발하는 쪽을 택했다. 그 선택은 틀리지 않았다. 지느러미를 두 다리로 바꾼 검은 인어가 거침없이 연화에게 다가왔다. 가까이 왔을 때, 연화는 몸을 숙이고 넘어지듯 옆으로 피했다. 검은 인어가 당황한 틈을 타 상반신을 돌려 검은 인어의 등에 나무창을 꽂아 넣었다. 검은 인어의 살점이 뜯기고 피가 흘렀다.

검은 인어가 연화를 다시 돌아보기 전, 연화는 힘을 쥐어짜 두 손으로 인어의 머리를 세게 내리쳤다. 인어가 고꾸라졌다. 이어서 인어의 등에서 나무창을 빼내려 연화가 힘을 주자 검은 인어는 몸을 크게 뒤흔들었다. 검붉은 피가 상처를 덮었다. 나무창이 먹혀 들어가듯 인어의 몸으로 들어갔다.

"정인아로 돌아가지 못한다면 결국 널 죽이는 것밖엔

다른 방법이 없다고."

　연화가 손을 떼자 검은 인어가 몸을 돌려 연화의 손목을 잡고 땅으로 쓰러졌다. 검은 인어의 피가 연화의 얼굴로 떨어졌다. 검은 인어가 소리쳤다.

　"네 팔찌를 봐, 빛을 잃었잖아. 이미 정인아가 통로를 끊었어. 넌 어떤 방법으로도 절대 그녀의 몸으로 돌아갈 수 없다고!"

*

　정인아의 발걸음은 경쾌했다. 가볍고, 햇살을 머금은 것 같았다. 저주에 걸린 몸에서 벗어나니 모든 게 편안했다. 이젠 정연화를 원망하기보단 안쓰럽게 여겨졌다. 사실 인아가 자신의 세계로 돌아가려고 그렇게 절박했던 건 인어가 되고 싶지 않았기 때문이다. 인아는 인어를 좋아했고, 환상 속에서만 그렸던 인어를 만나 함께하는 일이 즐거웠지만, 인어가 되는 것은 별개의 문제였다.

　인간이 인어가 되는 과정은 인어의 아름다움에 견줄 정도의 엄청난 고통이 따랐다. 창백해진 피부는 금이 가며

쪼개지고, 몇 발자국 떼는 것이 힘들 만큼 다리가 굳었다. 오돌토돌 올라오는 비늘은 견디기 힘들었다. 저주란 말이 참 잘 어울렸다. 극심한 통증이 온몸을 지배해 그 몸으로 사는 하루하루는 지옥과 다름없었다.

어찌 되었든 지금 인아는 원래의 인아로 돌아왔다. 인어가 되어 가는 저주에 걸린 것도, 인어 사냥꾼도 아닌 그저 인어를 좋아하는 학생으로 온전히 되돌아왔다. 평범하단 말은 할 수 없었다. 제 가문의 이야기를 족장에게 들은 이상, 무언가 걸리는 게 있었기 때문이다.

인아는 정말 오랜만에 만난 엄마 아빠와 아침 식사를 하기 위해 식탁에 앉아 엄마에게 물었다.

"엄마, 그 조개 목걸이 왜 나한테 줬던 거야?"

"네가 인어를 많이 좋아하니까 줬지~"

"그리고 우리 가문 있잖아……, 무슨 전해져 내려오는 이야기 같은 건 없어?"

"그런 게 어딨어. 밥이나 먹어."

영문을 모르겠다는 얼굴로 인아의 밥 위에 반찬을 올려 주던 아빠가 인아의 손에서 피가 나는 것을 발견했다. 부서진 목걸이를 어찌나 꽉 쥐고 있었는지 손에서 피가 난 것이다.

"피나잖아. 조개가 깨진 거야?"

"나 새 목걸이 사 주라."

"손부터 치료하자. 그런데 그 목걸이 네가 아끼던 거 아니야?"

"괜찮아. 이 목걸이 이제 안 쓰려고. 너무 오래됐어."

아빠가 반창고와 연고를 가져와 인아의 손을 치료해 주었다. 엄마는 인아에게서 목걸이를 건네받아 잠시 살펴보다가 물었다.

"완전히 망가졌네. 버려도 되니?"

인아는 목걸이를 쳐다보지도 않고 답했다.

"응, 버려 줘."

인아가 그토록 아꼈던 목걸이는 쓰레기통에 버려졌다. 때마침 엄마가 켠 텔레비전에서 인아가 즐겨 보던 신비한 전설의 동물을 소개하는 프로그램이 방송되고 있었다. 오늘의 주제는 다름 아닌 인어였다.

"인아야, 여기 인어 나온다. 볼 거야?"

엄마의 물음에 인아는 고개를 저었다. 엄마는 곧 다른 채널로 돌렸다. 인어라면 질리게 봤으니까, 이제 그만 보고 싶어, 인아는 그렇게 대꾸하려다가 이내 입을 닫았다.

*

정연화는 한 걸음도 내딛기 힘들었지만 발을 끌며 앞으로 나아갔다. 연화는 인아를 원망했다. 아니, 원망하고 싶었다. 죽고 죽여야 하는 삶에서 벗어나고 싶었다. 하지만 연화는 누구보다 잘 알고 있었다. 늘 자신이 문제였다는 것을. 자신이 이 모든 일의 원인이자 결과였다. 이제 연화는 인어 사냥꾼에게 사냥당할 몸이 되었다. 물에 있어도, 뭍에 있어도. 잠시도 편치 못할 괴이한 몸이 되었다. 헝클어진 머리칼이 왼쪽 눈 위를 가렸다. 연화는 핏방울이 맺힌 손톱을 물어뜯었다.

검은 인어가 사라지기 전 마지막으로 한 말이 머릿속에서 지워지지 않았다.

"지금 널 죽이지 않는 건 저주가 죽음보다 더 고통스러워서야."

그것보다 더한 원한이 있을까. 연화는 노인에게서 받은 작살을 끌면서 아주 천천히 절벽까지 걸어갔다. 인어의 끈질긴 목숨을 끊어 내는 건 연화의 주특기였다. 바람이 불면 넘어질 듯이, 절벽 끄트머리에 아슬아슬하게 섰다. 연화는 제가 인어 사냥꾼 가문에서 태어난 것부터가, 빌어먹을 저주의 시작이었다고 중얼거렸다.

인어 사냥꾼 가문에 태어났다는 이유로, 어린 시절부터 인어를 사냥하고 죽이는 법을 배웠다. 연화는 인어를 사냥하는 데 재능이 있었고, 흥미를 느꼈다. 아니, 흥미를 느껴야 했다. 그렇지 않으면 가문에서 인정받을 수 없었다. 인어 사냥꾼 양성소에 들어가서는 그 부담이 더 커졌다. 소장은 연화에게 늘 당근과 채찍을 번갈아 줬다. 잘해 내야 한다는, 더 많은 인어를 사냥하고 죽여야 한다는 부담감이 언제나 연화를 짓눌렀다.

곧 연화는 스스로를 제어하지 못하게 되었다. 사례금을 주지 않아서, 귀찮게 저항해서, 갖가지 이유로 인어를 죽였다. 그러고 나면 돌아오는 건 비난이 아니라 칭찬이었다. 실력이 뛰어나고 장래가 유망하다며 가문의 어른들과 양성소 선생님들은 온갖 좋은 말들을 쏟아부었다. 간혹

연화가 자신의 난폭함을 잠재우려 하면 그들은 실망했다. 연화는 자신의 운명이라고 생각하고 어쩔 수 없이 받아들였다. 인정받기 위해 가장 먼저 달려가 인어 사냥 의뢰를 받으려고 애썼다. 그 시간들이 자신을 향한 독화살이 될 줄은 모르고.

괴물이었다, 정연화는. 연화는 늘 소장의 말을 떠올렸다.

"진정한 인어 사냥꾼은 죽을 때까지 인어를 죽여야지. 그게 맞는 거야."

그 인어가 설령 나일지라도, 맞는 거겠지. 정연화는 망설임 없이 작살로 제 배를 찔렀다. 소장의 조언은 하나같이 연화에게 도움이 되는 말들이었으니까.

'고맙다고 감사 인사라도 해야 하나. 그런데 어쩌지. 이제 다시는 못 보는데.'

마지막으로 다리마저 지느러미로 변했다. 그녀는 절벽에서 낙하했다.

연화는 물속으로 떨어졌다. 그녀를 환영해 주는 건 여전히 배에 꽂힌 작살과 마치 인어 공주가 사라지듯, 수면 위로 이는 물거품뿐이었다. 그 모든 일들이 없었던 것처럼. 평생토록, 인어는 너를 보지 못한다.

코로나19의 여파로 각종 문예 대회가 취소되던 해에, 십 대 작가 지망생이 '십 대'를 주제로 한 공모전을 발견하게 되었습니다. 당시 나태한 시간을 보내고 있던 열다섯 저에게 그것은 시작이었습니다. 동시에 언제 올지 모를 기회였죠. '하루에 1화씩, 4500자만 쓰자'라는 터무니없는 계획으로 무작정 공모전 집필에 뛰어들었습니다. 지금 생각해 보면, 아직 경험이 많지 않았기에 그런 무모한 도전이 가능하지 않았나 싶습니다. 말처럼 쉬운 일이 아니라는 걸 그 시기의 저는 전혀 몰랐으니까요. 하지만 그 무모함 덕에, 저는 이 책으로 여러분을 찾아뵙게 되었습니다. 이 자리를 빌려, 여러분 반갑습니다.

　무언가를 성취해 내고 싶다는 욕구로 한 작품을 긴 호흡으로 작업하는 것은 익숙하지 않고, 어려운 일이었습니다. 그러다 보니 당연하게도 여태 겪었던 것과는 결이 다른, 새로운 어려움을 마주하는 순간도 많았습니다. 물론 모두 소중한 경험이었지만, 작품을 준비하면서 성취욕에 가까웠던 동기가 자주 작품 자체에 대한 애정으로, 깊이가 바뀐 것이 느껴졌습니다. 그 수많은 일이 있었음에도 저는 여전히 글쓰기를 끈질기게 사랑하고 있습니다. 지금보다 더 발전할 미래에도 꾸준히 그러하기를 바랄 뿐입니다.

　『인어는 너를 보았다』의 주인공은 정인아와 정연화입니다. 이름도 비슷한 그 둘은 서로 가장 가까이 있으면서도, 가장 멀리 떨어져 있는 인물입니다. 더불어 주변 등장인물인 혜주와 인어들까지. 작품 속 캐릭터 중엔 연화와 하얀 인어 아스타처럼, 특별한 능력이나 배경을 지닌 이들도 있으며 그들을 시기하는 혜주와 빨간 인어 같은 이들 또한 존재합니다.

자신의 집착을 맹목적으로 따라간 연화. 진실한 용서에
도 배신하고 만 조력자 혜주. 신비한 힘에 따른 저주가 있
는 아스타. 재능에 비해 연약한 몸에 싫증이 난 빨간 인어.
심지어 유일하게 인어를 존경했던 인아마저 후반부로 가
서는 그들에 대한 이상적인 환상이 무너지고 맙니다. 저
는 이 모두가 성장하기 위해 거쳐야 할 필연적인 욕망, 그
리고 좌절이라고 여겼습니다. 그들이 어떠한 결말을 맞이
했는지에는 상관없이, 미성숙하지만 결코 무시 못 할 발
걸음들은 후에 남아 저마다의 신념을 확립하는 데 어떻게
든 영향을 주니까요. 이 작품 내에선 명확히 드러나는 선
과 악이 없습니다. 다만 자신의 목표만을 진실되게 따라
가는 이들만이 존재합니다. 그중 제일 능력이 월등했던
정연화의 끝을 비루하게 마무리 지으면서 아무리 뛰어난
인물도 자신만의 결핍과 아픔을 가지며, 그렇기에 그들을
'과도하게' 시기하는 것이 얼마나 부질없는 행위인지를,
인어란 소재와 연결 지어 표현하고 싶었습니다. 가지각색
의 인물 중 유난히도 공감이 가는 존재가 있었길 바랍니

다. 이는 제가 전하는 메시지일 뿐, 작품을 통해 느끼는 다양한 관점과 감정은 오로지 독자 여러분의 것이니까요.

끝으로, 항상 최고보다 최선을 다하라 말씀하신 할아버지와 할머니. 글에 대한 자신감이 부족했던 제게 용기를 주며 언제나 저의 선택을 존중해 주신 우리 부모님. 작업에 들어가면 예민해지는 저를 충분히 이해해 주고 곁에서 응원과 함께 희망을 불어넣어 준 내 동생들 민서와 민준이. 처음 글을 썼을 때부터 함께한 수진이, 여러 경험과 아이디어를 공유한 가인이와 지현이, '글'이란 단어를 들을 때마다 날 떠올려 준 내 친구들. 학업과 더불어, 꿈에 다가가게끔 기회를 제공해 주신 학교 선생님들까지. 이 모든 분들의 응원 덕분에 힘을 얻어 여기까지 올 수 있었던 것 같습니다. 정말 감사합니다.

어느 날, 전화 한 통으로 시작된 인연이 제 삶을 이로운 방향으로 변화시켰습니다. 편견 없이 저의 글을 채택하여 출판에 도움을 주신 이지북 출판사 관계자분들에게도 무척이나 감사하다는 말씀을 전하고 싶습니다. 이번 기회를 통해서 상상도 못 했던 많은 깨달음을 얻은 것 같습니다. 이 작품을 시작으로 예전과 같이, 계속해서 글을 쓰며 여러 좋은 소식을 전해 드리고 싶네요. 고맙습니다.

인어는 너를 보았다

ⓒ 김민경, 2022

초판 1쇄 발행일 2022년 7월 11일
초판 2쇄 발행일 2022년 8월 30일

지은이   김민경
펴낸이   강병철
디자인   용석재
마케팅   최금순 오세미 공태희
제작   홍동근

펴낸곳   이지북
출판등록   1997년 11월 15일 제105-09-06199호
주소   04047 서울시 마포구 양화로6길 49
전화   편집부 (02)324-2347, 경영지원부 (02)325-6047
팩스   편집부 (02)324-2348, 경영지원부 (02)2648-1311
이메일   ezbook@jamobook.com

ISBN 978-89-5707-245-5 (43810)

"콘텐츠로 만나는 새로운 세상, 콘텐츠를 만나는 새로운 방법, 책에 대한 새로운 생각"
이지북 출판사는 세상 모든 것에 대한 여러분의 소중한 콘텐츠를 기다립니다.
ezbook@jamobook.com